KB218985

소년,
갯벌에서 길을 묻다

| 일러두기

1. 이 책에 실린 어민들의 말은 새만금 바닷길 걷기 때 직접 녹취한 것입니다. 귀에 익은 방언들은 그대로 옮겼고 부득이한 경우에만 표준어로 바꾸었습니다.
2. 허철희(「부안21」 발행인), 주용기(전북대 전임연구원), 배귀재(새만금 시민생태조사단), 정진문(면목고 교사, 생태사진작가)님께서 귀한 사진들을 제공해 주셨습니다.
3. 저작권자가 표기되지 않은 사진들은 바닷길 걷기 참가자들이 직접 찍은 것입니다.
4. 책 속 사진 설명들은 모두 편집자가 붙인 것입니다.

소년, 갯벌에서 길을 묻다

초판 1쇄 발행 2011년 10월 28일
초판 6쇄 발행 2018년 4월 25일

지은이 윤현석
펴낸이 고영은 박미숙

편집이사 인영아 | 뜨인돌기획팀 이준희 박경수 김정우 이가현
뜨인돌어린이기획팀 조연진 임솜이 | 디자인실 이기희 김효진
마케팅팀 오상욱 여인영 | 경영지원팀 김은주 김동희

펴낸곳 뜨인돌출판(주) | 출판등록 1994.10.11.(제406-251002011000185호)
주소 10881 경기도 파주시 회동길 337-9
홈페이지 www.ddstone.com | 블로그 blog.naver.com/ddstone1994
페이스북 www.facebook.com/ddstone1994
대표전화 02-337-5252 | 팩스 031-947-5868

ISBN 978-89-5807-350-5 03810
CIP2011004467

소년, 갯벌에서 길을 묻다

새만금 바닷길 걷기
7년의 기억

윤현석 지음

뜨인돌

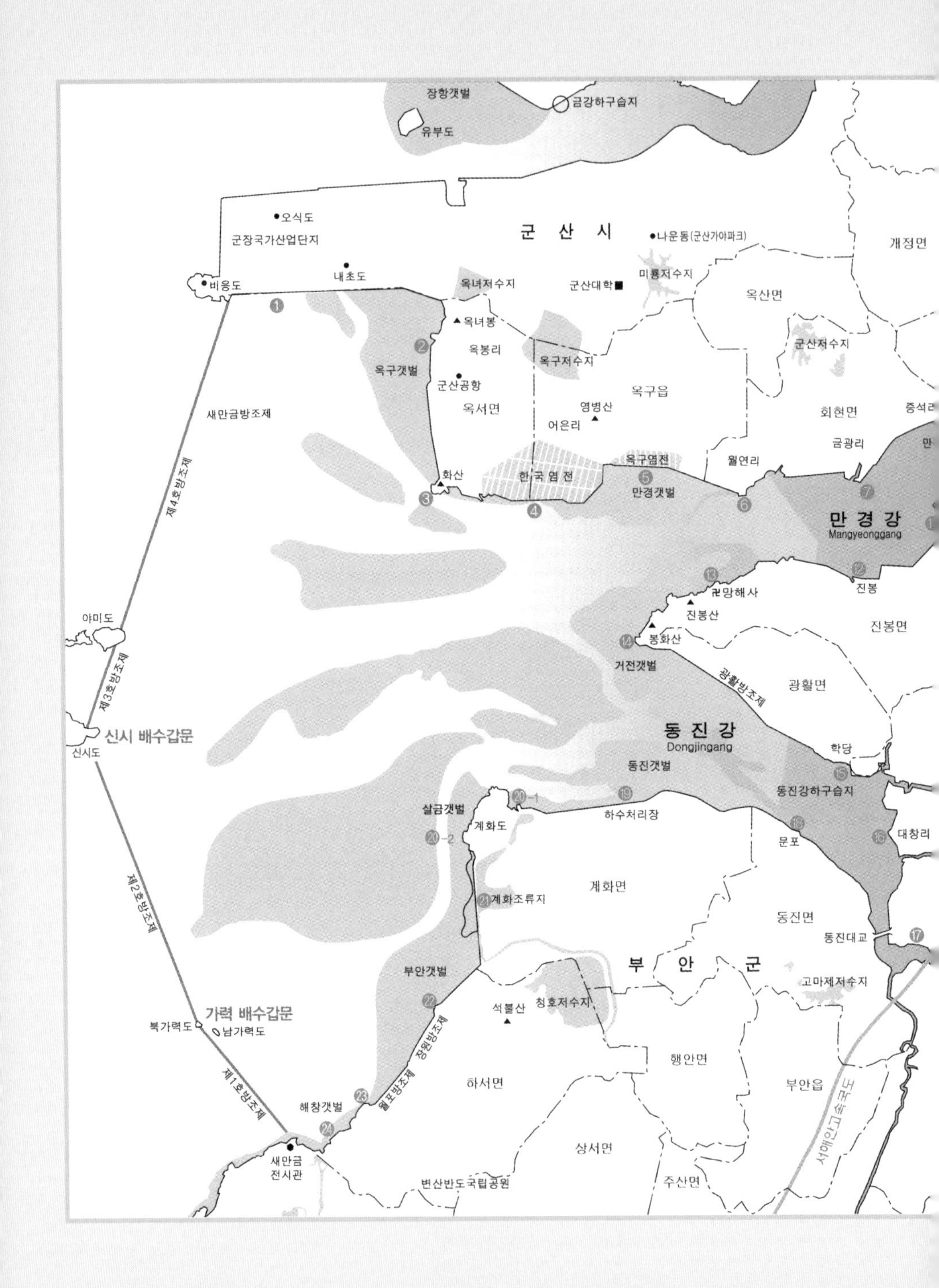
장항갯벌
금강하구습지
유부도
오식도
군장국가산업단지
군 산 시
나운동(군산가야파크)
개정면
내초도
비응도
옥녀저수지
군산대학
미룡저수지
옥산면
옥녀봉
옥봉리
옥구저수지
군산저수지
옥구갯벌
군산공항
옥구읍
옥서면
영병산
어은리
회현면
새만금방조제
금광리
옥구염전
화산
한국염전
월연리
만경갯벌
만경강
Mangyeonggang
망해사
진봉
진봉산
야미도
진봉면
봉화산
거전갯벌
광활방조제
광활면
제4호방조제
제3호방조제
신시 배수갑문
신시도
동진강
Dongjingang
학당
동진갯벌
동진강하구습지
살금갯벌
하수처리장
계화도
문포
대창리
계화면
계화조류지
동진면
동진대교
제2호방조제
부 안 군
부안갯벌
고마제저수지
가력 배수갑문
석불산
청호저수지
북가력도
남가력도
행안면
제1호방조제
정원방조제
하서면
부안읍
해창갯벌
월포방조제
서해안고속국도
상서면
새만금
전시관
변산반도국립공원
주산면

새만금

만경강 · 동진강이 서해로 흘러드는 지역에 형성된 2만 ha(6천만 평)의 드넓은 하구갯벌. 세계 5대 갯벌 중 하나인 '한반도 서해안 갯벌'의 정중앙에 위치하며 한국 전체 갯벌의 8%, 전라북도 갯벌의 65%를 차지한다. 서해 황금어장인 '칠산바다(칠산어장)'의 근원이자 세계적인 도요-물떼새 도래지로서 수많은 생명들의 삶의 터전이었으나, 방조제(군산~부안)가 바다를 가로막은 뒤부터 갯벌의 기능을 잃고 메마른 땅으로 바뀌어 가고 있다.

새만금 바닷길 걷기

'환경과 생명을 지키는 전국 교사 모임(환생교)'의 여름방학 프로그램. 새만금 방조제의 양끝 지점인 군산 비응도에서 부안 해창까지, 약 180km의 구불구불한 해안을 7~8일간 제자들과 함께 걷는다. 글쓴이는 초등학교 6학년이던 2005년부터 매년 걷기에 참여하면서 생명의 갯벌이 죽음의 사막으로 변해 가는 과정을 직접 보고 듣고 느껴 왔다.

❶ 비응도 - 내초도 사이 갯벌
❷ (옥봉)수라갯벌
❸ 하제항
❹ 한국염전
❺ 옥구염전
❻ 월연
❼ 금광리
❽ 증석
❾ 만경대교 - 공덕대교 사이
❿ 청하
⓫ 화포
⓬ 진봉
⓭ 망해사
⓮ 거전
⓯ 학당
⓰ 대창리 장돌
⓱ 동진강휴게소 뒷편
⓲ 문포
⓳ 하수처리장
⓴-1 계화
⓴-2 계화 장금마을
㉑ 계화조류지
㉒ 불등마을
㉓ 바람모퉁이
㉔ 해창갯벌

해수 유통

새만금 방조제 중간에 있는 2개의 수문(신시 배수갑문, 가력 배수갑문)을 완전 개방하여 바닷물이 항상 드나들도록 하는 것. 환경단체들과 어민들은 "방조제 안쪽의 수질 문제를 해결하고 갯벌의 일부나마 되살릴 수 있는 유일한 대안은 해수유통뿐"이라고 일관되게 주장해 왔다. 시화호에서 이미 실시되고 있으며, 새만금 간척의 모델로 알려진 일본 이사하야 만에서도 오랜 사회적 갈등 끝에 2010년 말 해수 유통 실시가 확정되었다.

어민들이 만든 새만금 갯벌 생태지도

Mapping the Saemangeum

Saemangeum fishermen provide knowledge of the distribution pattern of marine organisms

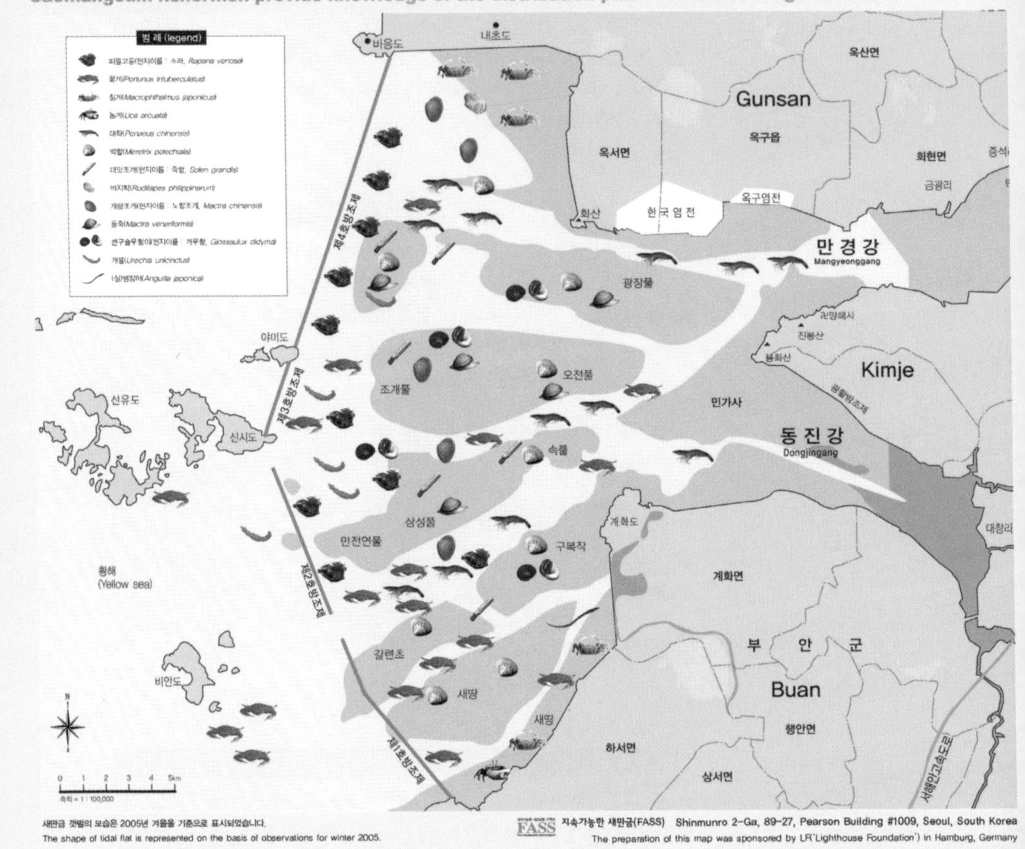

새만금 갯벌의 모습은 2005년 겨울을 기준으로 표시되었습니다.
The shape of tidal flat is represented on the basis of observations for winter 2005.

FASS 지속가능한 새만금(FASS) Shinmunro 2-Ga, 89-27, Pearson Building #1009, Seoul, South Korea
The preparation of this map was sponsored by LF('Lighthouse Foundation') in Hamburg, Germany

새만금에 사는 어민들,

새만금 바닷길을 함께 걸었던 친구들과 선생님들,

그리고 새만금의 모든 생명들에게

| 추천사

아이들이 생명의 갯벌입니다

미안합니다. '추천사'를 쓴다는 것도 부끄러운 일입니다. 65일여에 걸친 '새만금 갯벌을 살리기 위한 삼보일배.' 이 간절한 기도 수행에도 간척사업 자체를 막지는 못했기 때문입니다. 허나 어느덧 미래 세대에게 의지하고 이들이 마련하는 길을 따라가야 하는 노인이 되었으니, 기쁘고 감사하며 영광스럽게 받아듭니다.

죽음의 공사 위에 세워진 33km에 이르는 대규모 방조제. 그 위로 지금 관광차들이 줄을 이어 달립니다. 인간이, 어른들이 참 못났습니다. 그러나 한편으론 전혀 다른 길을 가는 작은 순례자들이 여기 있습니다. 새만금 갯벌은 죽어가지만 스스로 새만금 갯벌이 된 아이들입니다. 삼보일배 기도 순례가 이들 속에 이어지고 살아 숨쉬고 있음에 그저 고맙고 눈시울이 뜨거워집니다.

뚜벅뚜벅 묵묵하게 새만금 갯벌을 살리기 위한 바닷길 걷기 10년째! 지금도 선생님과 아이들은 갯벌을 향해 바다를 향해 말을 걸고 속삭입니다. "미안하다, 꼭 다시 살아날 거야"라고. 그래서 갯벌은 죽을 수가 없습니다. 아이들을 기억하고 아이들을 기다리며, 갯벌은 악착같이 다시 살아날 그날까지 잘 버티고 있습니다. 부활이 멀지 않았습니다.

팍팍한 모래바람 날리는 새만금 갯벌에겐 이 아이들이 생명수입니다. 그리운 바닷물이고 우주가 보내는 선물입니다. 아이들끼리 그랬답니다. "계속 이렇게 걸으면 방조제에 금이라도 가겠지."

모두가 끝났다고 뒤돌아선 싸움, 모두가 이미 저 갯벌은 갯벌이 아니라고 외면하는 이 상황에, 이토록 숭고하고 이토록 사랑 넘치는 행위가 또 있을까요. 그것도 거창한 사람들에게서가 아니라 아무도 시선 주지 않는 이 아이들에게서 샘솟는 거룩한 언어들, 끈기 있는 실천들이라니!

참으로 놀랍습니다. 이 책은 지구나 우주 전체로 보면 아주 작은 지역에 대한 선생님과 아이들의 사랑 얘기입니다. 단순히 새만금 바닷길 걷기에 대한 세밀한 기록물에 그치는 게 아닙니다. 새만금 생태 보고서만도 아니고, 선생님과 아이들의 추억담과 성장기만도 아닙니다. 그 모든 것들이 다 담겨 있습니다. 그러나 그 모든 것을 뛰어넘는 보물단지입니다.

작은 순례자들의 실핏줄처럼 섬세하고 다정하며 신나는 새만금 갯벌 이야기 속에서 누구든 많은 걸 배울 수 있으리라 믿습니다. 인류가 자연과 더불어 지구에 살아남으려면, 인간이 정말로 품위 있고 성숙한 삶을 영위하려면 어떤 길을 가야 하고 무엇을 선택해야 하는지 성찰하게 합니다. 미래 세대에게 정말로 남겨 주어야 할 유산이 무엇인지 고민하게 합니다. 그래서 다시 어른들을 부끄럽게 하고 돌아보게 하는 책입니다.

아이들이 생명의 갯벌입니다. 아이들이 희망입니다.

현석 군! 고맙습니다.

(사)생명평화마중물 대표 문규현 신부

| 프롤로그

그 길 위에 생명들이 있었다

사실 나는 새만금엔 많이 가봤지만 방조제에는 한 번도 안 가봤다. 못 가본 게 아니라 가기 싫어서 안 갔던 거다. 하지만 새만금에 대한 책을 쓰려면 아무리 싫어도 한 번은 제대로 봐야 할 것 같아서, 무턱대고 잠깐 찾아가 보았다.

방조제 위에서 제일 처음 느낀 건 짠내였다. 바닷가에서 바다 냄새가 나는 건 당연하지만 새만금에선 조금 다르다. 방조제 안쪽에서는 이제 더 이상 바닷바람도 갯내음도 느낄 수 없기 때문이다. 온몸으로 스며들던 바다의 기운이 죄다 어디로 갔나 했더니만, 역시 방조제가 발목을 잡고 있었던 것이다.

또 하나 느낀 건 낯섦이었다. 내가 봐 온 새만금은 구불구불한 해안선과 휘돌아 흐르는 갯골들로 이루어진 편안한 곡선이었는데, 방조제는 기계적인 직선이었던 것이다. 새만금의 원래 모습과는 전혀 어울리지 않는 어색하고 삭막한 풍경이었다.

새만금은 내게 수만 마리의 도요새들, 큰 집게발을 치켜든 농게들, 붉게 물든 칠면초들로 기억되는 곳이다. 한국은 물론이고 세계에서도 첫손에 꼽히는 갯벌이었던 이곳의 아름다움은 말이나 글로는 도저히 설명할 수가 없다.

하지만 '단군 이래 최대 공사'였다는 새만금 방조제가 생겨난 뒤로는 모든 게 달라졌다. 바다를 꽉 틀어막은 그 거대한 구조물은 수많은 생명들을 품었던 갯벌을 아무것도 살아남지 못하는 황량한 벌판으로 바꿔 버렸고, 이제 새만금엔 전혀 낯선 말들이 따라붙는다. 세계에서 제일 긴 33km의 방조제, 아시아의 베네치아, 또는 한국의 두바이 등등.

그런데 나는 왜 생뚱맞게 방조제가 완공된 지 몇 년이 지난 지금까지도 새만금의 옛 모습들을 떠올리고 있을까? 그건 내가 아주 어렸을 때부터 7년째 '새만금 바닷길 걷기'를 해왔기 때문이다.

새만금 바닷길 걷기는 선생님들과 제자들이 1주일 동안 새만금의 아름다운 해안을 함께 걷는 여름방학 프로그램이다. 나는 2005년부터 참가했는데, 이 걷기 프로그램의 중독성은 상상을 초월한다. 친구들과 선생님들, 그리고 새만금의 자연과 더불어 1주일을 보내고 나면 한 해 동안의 스트레스가 전부 사라져 버린다. 드넓은 갯벌처럼 내 마음도 넉넉해지고 부드러워진다.

하지만 방조제가 바다를 막은 뒤부터는 걷는 내내 어딘가 뻥 뚫린 것처럼 마음이 허전하다. 새만금이 죽어가는 모습을 여기저기서 목격하기 때문이다. 메마른 갯벌과 그 위에서 입을 벌린 채 죽어 있는 조개들을 볼 때면 저절로 한숨이 나오고 기운이 빠진다.

한동안 우리 사회를 들끓게 했던 새만금이 빠르게 잊혀 간다는 사실도 나를 무척이나 힘들게 했다. '새만금은 정말 이대로 끝나 버리는 걸까?' 하는 생각에 깊은 절망을

느낀 적도 많았다.

그렇지만 우린 아직도 새만금이 살아날 거라는 희망의 끈을 놓지 않고 계속 바닷길을 걷고 있다. 그곳에서 만나는 어민들 역시 머지않아 갯벌에 다시 바닷물이 들어올 거라고 굳게 믿고들 계신다.

그런 말을 들으면 나도 모르게 힘이 불끈 솟고 무겁던 다리가 다시 가벼워지는 걸 느끼곤 한다. 아아! 정말로 그렇게 될 수만 있다면…….

나를 비롯한 청소년들은 대한민국의 미래 세대로서 아름다운 자연을 물려받을 정당한 권리가 있다. 그런데 어른들은 그걸 자꾸 잊어버리는 것 같다. 온 나라의 산과 강과 갯벌을 마구잡이로 파헤치고 있으니 말이다. 참혹하게 망가진 새만금은 우리의 권리가 얼마나 심각하게 침해당하고 있는지 보여 주는 대표적인 사례일 것이다.

그래서 이 책을 쓰기로 했다. 가만히 앉아서 자연을 야금야금 빼앗길 순 없으니까! 원래 모든 권리는 지키려는 노력이 있을 때 비로소 온전히 보장된다. 이 책은 '자연'이라는 이름의 미래를 되찾기 위한 나의 노력인 동시에 권리 선언이다.

하지만 독자들에게 어떤 생각이나 행동을 강요하고 싶진 않다. 내가 사랑하는 새만금 갯벌도 어리석은 사람들에 의해 강제로 바다와 작별을 했는데, 내가 뭔가를 강요한다면 나 역시 그들과 다를 바가 없을 테니까 말이다.

내가 권하고 싶은 건 자유로운 상상이다. 나는 독자들이 이 책을 읽으면서 내가 보았던 아름다운 풍경과 슬픈 풍경들을 하나하나 그려 보면 좋겠다. 그리고 바다와 갯벌에 기대어 살던 사람들의 삶에 대해서도 곰곰이 생각해 보면 좋겠다. 그러면 새만금 간척이 옳은 것이었는지 그른 것이었는지에 대해서도 나름대로 판단을 내릴 수 있을 것이다.

사실 나도 새만금에 처음 갔을 땐 환경이니 생태니 하는 건 전혀 몰랐다. 생명의 가치에 대해 깊이 생각해 본 적도 없었다. 방학 때는 학원 다니기에 바쁘고, 학원이 끝나면 PC방에서 친구들과 게임하기에 바쁜 평범한 아이였을 뿐이다.

하지만 엄마에게 끌려오다시피 했던 새만금은 나를 감동시켰고, 갯벌의 생명들은 나를 완전히 매료시켰다. 새만금엔 자석처럼 나를 끌어당기는 마력이 있었고 뭇 생명들을 품어 주듯 나를 보듬어 주는 따뜻한 온기가 있었다. 내가 7년 동안 느꼈던 기쁨과 슬픔과 분노와 깨달음들은 모두 그 속에서 자연스럽게 생겨난 것이다.

독자들 역시 같은 경험을 했으면 좋겠다. 비록 새만금의 풍경은 많이 달라졌지만, 책을 통해서라도 그런 느낌들을 나눌 수 있다면 나는 굉장히 기쁠 것 같다. 우리의 미래를 되찾는 일에 관심을 갖게 된다면 더욱 더!

자, 그럼 이제 아름다운 새만금의 품으로 한 걸음 들어와 보시기 바란다.

| 차 례

프롤로그

그 길 위에 생명들이 있었다 12

에필로그

우리들이 희망이다! 248

1장 한 걸음 또 한 걸음

새만금의 모든 길들 1 20

바닷길 위에서 보낸 시간들 24

새만금의 모든 길들 2 32

새만금의 모든 길들 3 37

우리들의 노래 43

모람모람 걷자! 49

2장 닫힌 바다, 마른 갯벌

내 마음의 천국, 살금갯벌 60
뭣 땜에 바다를 막냐 이거여! 66
기억 속의 들꽃, 만경강 다리 71
염전 이야기 77
조개들 사라진 거전갯벌 84
명품 도시보다 일품 갯벌 90
거북이 섬 이야기 96
고구마 밭이 되어 버린 백합 밭 102
바다는 막고 산은 허물고 107
사람은 자연을 이길 수 없다 113
방조제 밖까지 밀려온 재앙 120

3장 새만금에 깃든 생명들

세상에서 가장 아름다운 춤 128
도요 도요 도요새 도와달라 외치네 136
짝짝이 집게 농게 143
날아라 짱뚱어 150
갯벌에 사는 백로 황로들 155
캐도 캐도 끝이 없던 조개들 160
염습지를 수놓은 염생식물들 166
갈대밭으로 변한 염습지에서 171

4장 퍽퍽해진 갯살림

유령 포구가 될 하제항 180
어민들을 위한 변명 186
어부로 살고 싶다 192
마구잡이 조개잡이 196
쓰레기장으로 내몰린 갯사람들 202

5장 슬픔, 그리고 희망

눈을 부릅뜬 해창의 장승들 208
생명들을 껴안은 삼보일배 214
새만금 막히던 날 218
새만금 갯벌과 하나 된 운명 224
시민들의 눈! 새만금 시민생태조사단 231
사라진 것들과 남은 것들 237
살아 줘서 고마워! 농게야 243

1장 한 걸음 또 한 걸음

새만금의 모든 길들 1

새만금에 와서 제일 많이 걷는 길은 둑방길일 것이다. 나는 둑방길이야말로 바닷길 중의 바닷길이라고 생각한다. 길게 이어진 둑방길을 걸으며 바닷바람에 몸을 내맡기면 마치 갯벌과 친구가 된 것만 같다. 둑방 옆으로 끝없이 펼쳐진 갯벌을 보면서 '아! 새만금이 이렇게 넓었구나' 하고 새삼 느끼기도 한다.

그런데 언제부턴가 바람이 조금씩 변하기 시작했다. 예전에 둑방길 위로 불어오는 바람은 짠내를 가득 머금은 갯바람이었다. 하지만 방조제가 막힌 뒤부터 그 냄새가 점점 희미해지더니, 결국 아무 향기도 없는 평범한 바람으로 바뀌어 버린 것이다.

밋밋한 바람에 맥없이 흔들리는 푸석푸석한 나문재와 해홍나물을 보고 있으면 갯벌이 뭔가 큰 병에 걸린 환자 같다는 생각이 든다. 그래서 친구를 간호하는 마음으로 갯벌에게 말도 건네고 썰렁한 농담도 들려주곤 한다. 그런데도 매년 둑방길을 걸을 때마다 녀석이 점점 숫기가 없어지는 것 같아 걱정스럽다.

화포의 둑방길을 걸으면 왼쪽으로는 붉게 물든 염습지를, 오른쪽으로는 바둑판처럼 정리된 논과 마을 들을 볼 수 있었다. 그래서 그 둑방길이 자연적 풍경과 인공적 풍경을 나누는 일종의 경계선처럼 느껴지곤 했다.

| 둑방길은 바다, 갯벌, 염습지, 농경지를 두루 굽어볼 수 있는 바닷길 중의 바닷길이다.

혹은 나의 두 가지 모습이 이 길을 경계로 나뉘는 것 같기도 했다. 둑방길 저쪽은 컴퓨터와 TV와 휴대 전화에 중독된 도시에서의 나. 그리고 둑방길 이쪽은 자연을 흠뻑 느끼며 걷고 있는 새만금에서의 나.

둑방길 밑에는 으레 돌길이 있다. 무성한 수풀 때문에 둑방길 위를 걸을 수 없을 때 가끔씩 걷는 길인데, 큼직큼직한 돌들을 황새걸음으로 겅중겅중 밟으며 가야 한다. 발밑을 주시하며 자기가 다음에 디딜 곳을 미리 봐 두는 건 필수다. 발을 잘못 디뎠다간 다칠 수도 있고, 발이 돌들 사이에 꽉 끼어 버릴 수도 있기 때문이다.

그렇게 고개를 푹 숙이고 걷다 보면 주위 사람들과의 소통이 완전히 차단되는데, 덕분에 혼자만의 생각에 빠질 수 있어서 별로 나쁘진 않다. 이렇듯 완벽하게 자기만의 시간을 가질 수 있다는 건 바닷길 걷기의 커다란 매력이다.

사실 가끔은 이런 시간이 필요하다. 일상생활에서는 해야 할 것들이 워낙 많기 때문에 혼자 뭔가를 깊이 생각하기가 쉽지 않다. 하지만 새만금에선 원하기만 하면 언제든 가능하고, 생각의 주제에도 아무런 제약이 없다. 추억에 잠기든 미래를 꿈꾸든 뭐든지 내 맘대로다. 집에 가서 볼 영화를 생각하거나 친구들과 축구할 때 골을 넣는 방법을 생각하더라도 아무도 뭐라고 하지 않는다.

바다가 막히고 갯벌이 마르면서 새만금에는 때 아닌 산업혁명이 일어났다. 갯벌에 고속도로가 뚫린 것이다. 이젠 굳이 둑방길을 걷지 않고 그냥 갯벌을 가로질러 갈 수가 있다. 그래서 예전엔 8~9일씩 걸리던 바닷길 걷기 풀코스를 조금만 서두르면 4~5일 만에도 끝낼 수 있게 되었다.

처음엔 갯벌 위를 걸을 수 있다는 게 믿기지 않았다. 질퍽질퍽하고 미끌미끌해서 푹푹 빠지고 자빠지던 곳들을 이렇게 신발을 신고 걷게 될 줄 누가 알았을까! 경부고속도로가 처음 뚫렸을 때 서울에서 부산까지 4시간밖에 안 걸린다는 말을 듣고 많은 사람들이 경악했다는데, 그들의 놀라움을 충분히 알 것 같다.

놀랄 일인 건 분명하지만 즐거운 일은 아니다. 갯벌의 죽음 위에 생겨난 고속도로를 걷는다는 건 굉장히 씁쓸하고 우울한 일이다.

| 새만금 방조제는 한국 최대 하구갯벌인 새만금을 이런 모습으로 바꿔 놓았다.

바다와 헤어진 갯벌은 거북이 등처럼 쩍쩍 갈라져 있다. 갈라진 틈새마다 하얗게 말라붙은 소금기는 이곳이 한때 갯벌이었음을 알려주는 흐릿한 증거처럼 보인다.

방조제가 완전히 막히고 나서 3개월 뒤에 있었던 '2006 바닷길 걷기' 때가 문득 생각난다. 1년 전까지도 건강하게 살아 있던 갯벌이 비참하게 말라비틀어진 걸 보고 온몸에 소름이 돋았던 기억이 지금도 생생하다. 더 이상 갯벌도 아니고 아직은 육지도 아닌 정체불명의 땅! 우리 모두는 입이 얼어붙은 사람들처럼 묵묵히 발끝만 보며 걸었고, 어둠이 슬픈 풍경들을 가려 줄 때까지 정말로 한 마디도 하지 않았다.

바닷길 위에서 보낸 시간들

새만금 바닷길 걷기는 2000년에 '부안 사람들'이라는 단체에서 처음 시작했다고 한다. 새만금 갯벌을 살리고 지역공동체를 지켜내자는 목적으로 결성된 단체였던 만큼, 걷기에 참가한 사람들은 대부분 지역 어민들과 환경단체 회원들이었다.

내가 2005년부터 참가해 온 바닷길 걷기는 엄마가 회원으로 활동 중인 '환경과 생명을 지키는 교사 모임'(환생교)에서 2003년에 시작했다. 엄청난 파장을 일으켰던 2003년의 '삼보일배'를 보며 자신들도 뭔가 해야 한다고 생각한 선생님들이 '부안 사람들'의 활동을 계승하여 지금껏 이어 오고 있는 것이다. 군산 내초도에서 부안 해창에 이르는 구불구불한 해안을 선생님과 제자들이 일주일 넘게 구슬땀을 흘려 가며 함께 걷는다.

걷기의 목적은 크게 세 가지였다. 첫째는 새만금 지키기 운동에 힘을 보태는 것, 둘째는 나를 비롯한 미래 세대들에게 자연의 소중함을 일깨우는 것, 셋째는 지역 어민들을 격려하며 아픔을 함께하는 것이다. 방조제가 완공된 2006년부터는 한 가지가 추가되었는데, 그건 새만금의 변화를 눈으로 직접 확인하고 기록하는 것이다.

갯벌이 사라져 버린 지금도 우리는 매년 여름방학 때마다 새만금을 찾는다. 생명의 기운이 더 이상 느껴지지 않는 새만금을 걷는다는 건 너무나 슬프고 힘든 일이지만, 그래도 나는 우리의 걷기가 여전히 소중하고 자랑스럽다. 너무나 아름다웠던 새만금의 모습을 또렷이 기억하고 있으니까. 그 풍경들이 머지않아 되살아나길 소망하고 있으니까.

그리고 무엇보다도, 오늘 우리의 발걸음이 그날을 앞당길 거라고 굳게 믿고 있으니까.

| 선두 깃발은 언제나 아이들 차지다.

새만금을 걸으면서 우리는 자연을 만났다. 한마음으로 군무하는 도요새들, 큰 집게발을 치켜드는 농게들, 하늘을 물들인 저녁노을과 더 붉게 타오르는 칠면초들을 말이다.

그리고 또 다른 새만금의 생명들도 만났다. 바다와 갯벌 위에서 평생을 살아온 어민들이다. 바다가 막히면서 누구보다도 상처를 많이 받은 분들이기도 하다.

물론 주민들 중엔 간척에 찬성하는 분들도 있었고, 특히 농민들은 간척이 끝나면 더 많은 농지가 생길 거라며 좋아하기도 했다. 하지만 바다에 기대어 살던 분들에게 방조제는 삶을 틀어막는 빗장과 다를 게 없었다. 그렇게 막힌 바다를 바라보며 한숨만 쉬고 있는 분들을 길 위에서 끊임없이 만나곤 했던 것이다.

처음엔 좀 낯설어하고 대화를 꺼리는 듯하지만, 막상 얘기를 시작하고 나면 그야말로 갯벌에 밀물 들이치듯 속마음을 콸콸 쏟아내신다. 얼마나 맺힌 게 많았으면 저렇게까지 열을 내실까 싶어 코끝이 찡할 때도 많았다.

가끔은 얘기가 너무 길어져서 일정에 차질이 생기기도 했다. 깜깜해진 뒤에야 숙소에 도착한 적도 여러 번이었다. 하지만 그분들에게 조금이나마 위로를 드릴 수 있다면, 저녁식사가 늦어지는 것쯤은 얼마든지 참고 견딜 수 있었다.

지금은 많은 어민들이 우릴 반가워하고 격려도 해주시지만 그렇게 되기까지는 많은 어려움들이 있었다. 10여 년 전 새만금 바닷길 걷기를 처음 할 때만 해도 그걸 바라보는 어민들의 시선은 굉장히 싸늘했다고 한다.

힘들게 걸어서 마을에 들어서면 주민들은 왜 새만금 사업을 반대하느냐면서 버럭 화를 내기 일쑤였고, 땀을 뻘뻘 흘리는 사람들을 물 한 모금 주지 않고 쫓아냈단다. 요즘처럼 마을회관에서 자는 건 꿈도 못 꿨고, 심지어 마을 안에 텐트도 못 치게 해서 노숙자처럼 밤길을 헤맨 적도 많았다고 한다.

그때만 해도 새만금 간척은 주민들의 큰 희망이었다. 공사가 끝나면 더 이상 냄새나는 촌구석에서 뼈 빠지게 일하지 않고 큰 빌딩들로 둘러싸인 도시에서 살 수 있을 거라고 굳게 믿었다는 것이다. 그러니 '새만금 간척 반대' 라는 깃발을 든 낯선 무리가 나타났을 때 그분들이 불같이 화를 냈던 건 당연한 일이었다.

"정부가 하는 일을 어떻게 막아? 그게 다 정부가 우리 잘되라고 하는 일이여!"

"우리도 좀 잘 살아 보겠다는데 왜 자꾸 반대를 하는 것이여?"

하지만 그런 쓴소리들과 꾸지람들을 묵묵히 견뎌 가며 우리는 계속 걸었다. 어떻게 해서든 새만금을 꼭 지키고 싶었기 때문이다. 주민들로부터 받은 상처와 아쉬움 들은 전부 다 새만금의 바닷바람에 실어서 멀리 날려 보냈다. 그래도 새만금의 자연만은 우릴 이해해 줄 거라고 믿으면서 말이다.

그렇게 몇 해가 지나자 어민들은 더 이상 별다른 반응을 보이지 않았다. 그저 "늘 오던 애들이 또 왔네?" 하면서 멀뚱멀뚱 바라보기만 할 뿐이었다.

그런데 세월의 강물은 모든 걸 무너뜨린다는 말이 맞긴 맞는 것 같다. 여름만 되면 어김없이 찾아오는 우리들에게 어느새 주민들이 마음을 열게 된 것이다. 마을에 들어서면 더없이 반갑게 맞아 주시고 마을회관도 흔쾌히 빌려 주셨다. 그리고 맛있는 음식들까지 갖다 주며 우리와 대화를 나누기 시작하셨다.

2009년엔 거전 마을회관에서 하룻밤을 묵으며 주민들이 지어 준 맛있는 밥을 맘껏 먹었다. 2010년에 하제와 해창의 수문 앞 마을을 지날 때는 가게에서 공짜로 음료수들을 건네 주며 "더운데 목이라도 축이고 가라"고 격려해 주셨다. 땡볕 밑에서 걷고 있는 우릴 마치 도시에서 온 손주들 보듯 바라보시는 분들도 많았다.

그렇게 우릴 맞으면서 주민들은 요즘 새만금이 어떤 상황인지를

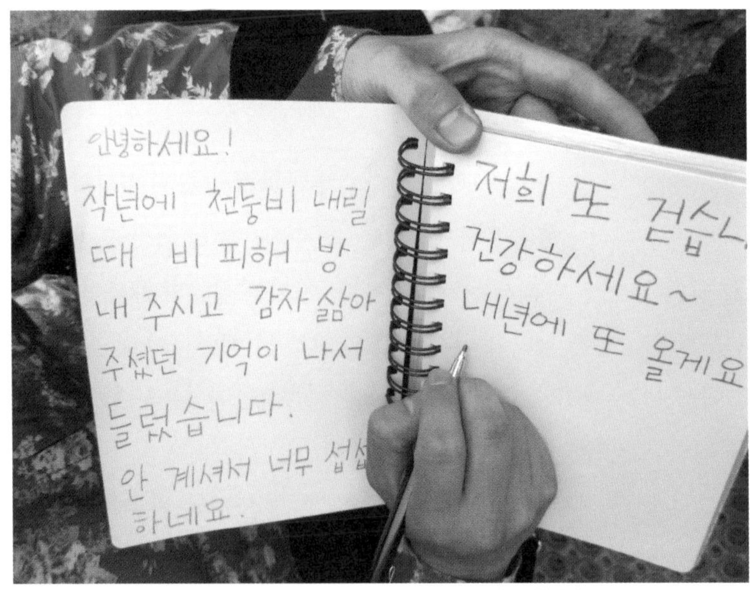

| 반갑게 맞아 주고 먹을 것도 내주는 어민들은 바닷길 걷기의 가장 큰 힘이다.

자세히 말씀해 주신다. 처음엔 기대가 컸었는데 막상 바다가 막히고 나니 살기가 훨씬 힘들어졌다는 얘기가 대부분이다. 공사가 너무 오래 진행되다 보니 다들 지쳐 버렸다면서 빨리 어떻게든 됐으면 좋겠다고 하소연하는 분들도 많았다.

그분들 중엔 옛날에 우릴 욕하고 박대하던 분들도 있을 것이다. 하지만 쌤통이라는 생각 따위는 전혀 들지 않는다. 오히려 뒤늦게라도 서로를 이해하고 감쌀 수 있게 된 게 참 다행스럽다.

우릴 격려하고 뜻을 함께했던 분들 또한 적지 않았다. 새만금 반대 운동을 하는 주민들에게 우리의 걷기는 희망으로 나아가는 소중한 발걸음이었다. 또 우리에게 그분들은 더없이 든든한 후원자들이었다.

계화도의 고은식 아저씨, 종덕 아저씨, 성배 아저씨 등은 늘 우리와 함께 걸으며 다양한 역할들을 손수 맡아 주셨다. 길을 잃지 않도록 이끌어 주는 길잡이, 새만금에서 벌어지고 있는 크고 작은 일들을 자세히 알려 주는 정보통, 걷는 도중 밥과 물을 갖다 주는 보급부대에 이르기까지.

제일 고마운 건 보급부대 역할이었다. 당장이라도 탈진해서 쓰러질 듯 더운 날, 나무그늘 밑에 큰 대자로 널브러져 있을 때 보급품을 싣고 온 봉고차 소리가 들리면 다들 기계체조 선수처럼 벌떡벌떡 일어서곤 했다.

학교 급식실에서나 볼 수 있는 대형 냄비에 가득 담긴 수박 화채와 미숫가루를 보는 순간, 우린 한순간에 이성을 잃고 앞다퉈 달려들었다. 너무 급하게 먹어서 머리가 띵해도 입은 절대 쉴 수가 없었다. 세상에 태어나 마셔 본 것들 중 가장 환상적이었던 그때의 미숫가루 맛을 나는 지금도 잊지 못한다.

그렇게 즐거운 추억들을 선사해 주셨던 아저씨 아주머니들은 이제 더 이상 우리와 함께 걸을 수 없다. 바다가 틀어막힌 뒤부터는 다들 급변한 환경 속에서 힘겹게 살아가고 있기 때문이다. 시간이 흐를수록 그날의 미숫가루와 수박 화채가 점점 더 그리워지는 건 아마 그 때문인 것 같다.

차곡차곡 쌓여 온 기억들을 떠올리며 하루하루 걷다 보면 어느새

| 평가 모임이 끝난 뒤엔 각자의 느낌을 하얀 깃발에 정성껏 적어 넣는다.

긴 여정의 끝이 코앞에 다가온다. '또 한 번의 걷기가 끝나는구나'라는 생각이 들며 다들 마음이 아쉬워지고 한편으론 진지해진다. 그러면 선생님들은 노련하게 그런 순간을 틈타서 평가 모임을 하며 각자의 소감을 말하게 한다.

학생들은 다들 기다렸다는 듯 이런저런 느낌과 생각들을 꺼내 보인다. 평소 같으면 쑥스러워서 못할 말들도 그 자리에선 다들 청산유수처럼 막힘이 없다. 그러다 보면 '아! 그렇구나' 하면서 걷기의 의미를 새삼 깨닫기도 하고, '와! 저런 생각을 했다니!' 하면서 서로를 새롭게 바라보기도 한다.

평소 남들 앞에서 말하는 것을 좋아하지 않는 나도 그 순간엔 진지하게 속마음을 모두 털어놓는다. 다들 내 생각을 충분히 이해하고 존중해 주리라는 걸 알기에 그만큼 부담 없이 솔직해질 수 있는 것 같다.

평가 모임에서 하는 말들은 저마다 다르다. 하지만 새만금이 다시 살아날 수 있다는 희망만은 누구에게서나 똑같이 느낄 수 있고, 거기엔 당연히 그만한 이유가 있다.

우리는 다 죽어 버린 갯벌 위를 걷는다. 한때 무수한 생명들로 넘쳐나던 갯벌이 어느새 모래바람 날리는 황무지로 변한 걸 보며 우리는 수없이 절망하고 수없이 회의한다.

하지만 우리는 걸으면서 희망 또한 발견한다. 앙상한 갯골에 아직도 살아 있는 농게들과 망둥어들을 보면서, 칠게들이 아직도 물 밑에 바글거린다는 어민들의 말을 들으면서 말이다. 바다를 막고 난 뒤 방조제 안쪽의 수질오염을 감당할 수 없어서 농림부가 지금까지도 슬쩍슬쩍 수문을 열고 바닷물을 들이고 있다는 소식을 들을 때, 우린 머지않아 갯벌로 밀어닥칠 짙푸른 바닷물을 예감한다.

그리고 한 가지가 더 있다. 그건 바로 뚜벅뚜벅 걷고 있는 우리들이다. 이거야말로 희망의 가장 큰 근거다. 아직 그곳을 잊지 않고 있는 누군가가 있는 한, 새만금의 숨결은 절대 끊어지지 않을 거라고 나는 믿는다.

평가 모임은 그러니까 단순히 느낌을 나누는 자리가 아니고, 그해의 걷기를 통해 느낀 희망들을 서로 확인하는 자리이기도 하다. 몇 년 전 평가 때 모두의 공감을 얻었던 누군가의 얘기처럼.

"계속 이렇게 걸으면 방조제에 금이라도 가겠지요."

새만금의 모든 길들 2

새만금에는 갯벌만 있는 게 아니다. 계속 갯벌 얘기만 해서 그렇게 오해할 수도 있지만, 사실 새만금 지역에 갯벌만큼이나 많은 게 농지다. 둑방길이 가로막히거나 갯벌에 큰 갯골(갯벌에 나 있는 물길)이 있어서 건너갈 수가 없을 때면 육지 쪽으로 우회해야 하는데, 그럴 땐 대부분 농경지를 가로지르는 농로 위를 걷게 된다.

농로를 걷는 느낌은 갯벌과는 차이가 많다. 우선 모든 게 한없이 푸르다. 뜨겁게 내리쬐는 여름 햇살 밑으로 무럭무럭 자란 벼들이 끝도 없이 펼쳐져 있다. 파릇파릇한 그 모습이 더위에 지친 눈을 잠시나마 시원하게 해준다.

그렇지만 농로만 하염없이 걷고 있으면 풍경이 너무 단조로워서 지루해지기 십상이다. 그래서 나는 농로보다는 논두렁을 따라 걷는 걸 더 좋아한다.

그전까지 삼삼오오 흩어져서 걷던 사람들이 논두렁을 걸을 때는 다 모여서 일렬로 걷는다. 구불구불한 논두렁 위를 한 줄로 길게 늘어서서 지그재그로 걷는 모습은 멀리서 보면 꼭 뱀이 기어가는 것 같다. 자칫 발을 헛디디면 곧바로 진창에 빠지기 때문에 좁은 논두렁에선 굉장히 조심해야 한다.

가끔 앞사람이 너무 느리게 가면 답답해서 "아, 빨리 좀 가자!"라고 재촉하기도 하고, 앞사람은 뒤에서 자꾸 쿡쿡 찌르니까 "아, 자꾸 밀지 좀 마!" 하면서 티격태격할 때도 있다. 그러다가도 넓은 골이 나타나면 앞사람이 먼저 뛰어서 건넌 다음 뒷사람에게 손을 내밀어 준다. 그렇게 한 줄로 한 마음으로 걷다 보면 저절로 정이 들고, 아침보다 훨씬 친해진 상태로 저녁을 맞게 된다.

바닷길이 막혀서 우회해야 할 때 정말로 만나고 싶지 않은 길이 있다. 다름 아닌 아스팔트 길이다.

| 갯벌만큼이나 기름진 만경 들녘. 논길 위엔 둑방길과는 또 다른 상쾌함이 있다.

가뜩이나 뜨거운 햇볕을 몇 배로 달궈서 내뿜고 아지랑이까지 스멀스멀 올라오는 찻길을 걸을 때면 내가 마치 불판 위에 올라간 삼겹살이 된 것 같다. 주변에 아무것도 없기 때문에 눈도 영 심심하다. 보이는 거라고는 가끔씩 지나가는 자동차들뿐인데, 한참 만에 나타난 차가 휑 지나가 버리고 나면 왠지 모르게 기분이 허탈해진다.

아스팔트 위를 걸으면 발이 정말 많이 아프다. 둑방길이나 논길은 흙이나 자갈로 되어 있어서 땅을 밟는 충격이 완화되지만 아스팔트 길엔 전혀 그런 게 없다. 발바닥과 뒤꿈치에서 시작된 통증이 허리와 어깨를 거쳐 두통으로까지 이어질 때면 인간의 몸이 참 오묘한 유기체라는 걸 온몸으로 느끼게 된다.

언젠가 새만금 걷기 준비모임 때, 만경 끝에서 동진 끝까지 걸은 다음, 새만금 방조제 위를 걸으며 반대 운동에 힘을 불어넣는 게 어떻겠느냐는 의견이 나온 적이 있었다. 그런데 몇 초간 정적이 흐르더니 다들 고개를 절레절레 흔들었다. 그 누구도 장장 33km나 되는 아스팔트 길을 걸을 자신이 없었던 것이다.

다른 길들은 힘들면 되돌아갈 수 있고, 좀 더 쉬운 길을 찾을 수도 있다. 하지만 방조제 위를 걷다가 중간쯤에서 문제가 생기면 앞과 뒤가 모두 까마득한데 어쩌란 말인가! 찻길 한가운데 쓰러진 채 전멸해 버릴 우리의 처참한 모습이 눈에 훤했다.

결국 그 아이디어는 5분 만에 폐기되었고, 우리는 전멸의 위기에서 벗어나 그해의 바닷길 걷기를 무사히 마칠 수 있었다.

화포 염습지가 펼쳐져 있는 진봉을 지나서 꽤 긴 거리의 아스팔트 길을 걷다 보면 망해사에 도착하게 된다. 망해사는 우리나라에 몇 군데 없는 바닷가 사찰이다. 진봉산 끝자락에 있는 이 절 옆에는 높은 전망대가 있는데, 우리가 망해사로 가는 이유도 거기에 오르기 위해서다.

망해사엔 늘 저녁나절에 도착하는지라 가파른 산길이 더더욱 힘들게 느껴지곤 한다. 하지만 끙끙대며 올라가서 꼭대기 전망대에 이르면 탁 트인 시야 덕분에 기분이 상쾌해지고, 힘들다는 느낌도 한순간에 모두 가셔 버린다.

전망대 앞쪽으로는 멀리 새만금 앞바다의 수평선이 보인다. 그리고 뒤쪽으로는 광활한 김제평야 너머로 우리나라에서 유일하다는 지평선이 보인다. 한때는 섬이었던 산들이 육지와 바다 사이에 올록볼록 솟아 있다.

오른쪽으로는 우리가 걸어 온 만경강 건너편의 길들이 한눈에 보인다. 지금껏 얼마나 먼 길을 걸어 왔는지 새삼스레 깨닫는 순간이다. 그렇게 사방을 두루 살피다 보면 마치 세상 전체가 내 눈앞에 펼쳐져 있는 것 같다.

그런데 그 아름다운 풍경 속에 방조제라는 긴 줄이 그어지면서 수평선이 사라졌다. 인공적인 선이 자연의 선을 집어삼킨 꼴이다. 하늘과 땅과 바다의 조화롭던 균형도 그로 인해 모두 뒤틀려 버렸다.

방조제로 막힌 새만금 내해(안쪽 바다)는 늘 물로 가득 차 있다. 썰물이 빠져나가면서 서서히 드러나는 갯벌과 그 위에 흐르던 신비로운 윤기를 더 이상 볼 수 없게 된 것이다.

하지만 전망대에서 바라보는 저녁노을만은 여전히 아름답다. 물

| 망해사에서 바라본 새만금의 저녁노을은 2011년에도 여전히 아름다웠다.

리를 전공하신 이정원 선생님 말씀에 의하면 노을이 발하는 빛은 과학적으로는 설명할 수 없는 색깔이란다. 노을빛은 우리 머릿속에서만 인식할 수 있는 아주 특별한 색이라는 것이다.

마법 같은 황혼에 물든 새만금! 낙조에 붉게 물든 강물 위로 그림자를 드리운 작은 어선이 꿈결처럼 흔들린다. 이윽고 해가 저물고 어슴푸레 땅거미가 내려앉으면, 우리는 천천히 망해사에서 내려와 숙소가 있는 심포로 다시 걸음을 옮기기 시작한다.

새만금의 모든 길들 3

새만금 걷기를 만경강 쪽에서 시작할 때는 남수라 앞 갯벌에서 출발한다. 지금은 나문재 밭으로 변해서 그냥 걸을 수 있는 곳이 됐지만 예전에는 종아리까지 푹푹 빠지는 엄청난 뻘밭이었다. 그래서 갯벌과 육지의 경계선에 해당하는 축대에 바싹 붙은 채 한 줄로 걸어야 했다.

남수라갯벌을 지나다 보면 화산이라는 돌섬을 넘어야 하는데, 암벽 타기를 해야 하는 굉장한 난코스다. 절벽과 절벽 사이를 뛰어넘고, 좁은 틈새를 기어서 지나가고, 가파른 경사 위를 아슬아슬 걸어야 한다. 심지어 밧줄을 타고 올라가야 하는 곳도 있다.

이런 곳에서 혹시라도 발을 잘못 디뎠다간 곧바로 낭떠러지 추락이다. 자칫 뻘에 빠지기라도 하면 깊은 수렁 속으로 스르르 가라앉아 버릴지도 모른다. 그러다 보니 화산의 난관들을 통과할 때면 내가 마치 〈반지의 제왕〉에 나오는 반지 원정대라도 된 것 같았다.

갯벌이 다 말라 버린 지금은 축대에 붙어서 걸을 필요가 없으니까 화산까지 가기가 한결 수월하다. 하지만 끝없는 사막을 외롭게 걷는 느낌이라서, 남수라갯벌은 여전히 새만금 걷기의 첫 번째 난관으로 남아 있다.

남수라갯벌 앞을 걸을 때면 혹독한 코스 말고도 우리를 힘들게 하는 게 하나 더 있다. 축대 바로 너머에 있는 미군기지가 바로 그것이다.

그곳을 지나다 보면 기지에서 폐수를 정화시키지 않고 그냥 흘려보내는 걸 번번이 확인할 수 있다. 악취 나는 폐수가 적시고 지나간 길은 벌겋게 물들고 썩어 들어간다. 예전엔 갯벌이 그 더러운 찌꺼기들을 정화해 주었지만 지금은 그것도 불가능하니, 이제 저 저주받은 폐수들은 흐르고 흘러서 어디로 가게 될까?

2008년엔 미군들이 남수라갯벌의 1만 평이나 되는 땅에 허가도 없이 철조망을 쳐 놓고 폭발물 처리장을 만들었다. 그해 여름에 그곳을 걷다 보니 예전엔 보이지 않던 긴 철조망이 우리의 앞길을 방해하고 있었다.

1만 평이면 학교 교실의 400배 크기라는데, 그렇게 넓은 땅을 정말로 아무 허락도 없이 멋대로 가져 간 것일까? 아니면 누가 슬쩍 허가해 주고서는 국민들에게 눈 가리고 아웅을 하는 것일까? 마음이 확 상한 우린 즉시 풍선을 불어서 그 위에 하고픈 말을 적은 다음 철조망에 튼튼히 묶어 놓았다. Yankee Go Home!

이 구간에서 무엇보다도 우릴 괴롭게 하는 건 제트기 소음이다. 활주로를 박차고 날아오르는 제트기의 엔진 소리는 정말이지 귀를 갈기갈기 찢어 버릴 것 같다. 특히 축대에 붙어서 걸을 때는 활주로가 바로 옆에 있기 때문에 무조건 귀를 틀어막아야 한다. 2008년엔 그 소음을 직접 측정해 보기도 했는데, 자그마치 128db이었다.

| 남수라갯벌 위로 흐르는 미군기지의 폐수. 이미 죽은 갯벌을 두 번 죽이려는 걸까?

사람이 120db 이상의 소음을 들으면 고통을 느끼고 150db 이상이면 고막이 터진다고 한다. 그러니 기지 옆 하제 마을 사람들은 얼마나 살기가 괴로웠을까? 걷는 동안 2~3분에 한 번씩 '위이잉 콰콰쾅' 하는 굉음을 듣다 보니 귀를 꽉 막았는데도 멍멍하고 정신이 하나도 없었다.

제트기 자체가 공포스러웠던 적도 있었다. 2007년엔 동진강에서 출발했기 때문에 남수라가 마지막 코스였는데, 그때 난 박병삼 선생님과 둘이서 그곳을 걷는 중이었다. 조금만 더 가면 끝이라는 생각에 아픈 다리를 꾹 참아 가며 열심히 걸음을 옮기고 있었다.

갑자기 머리 위에서 굉음이 들려왔다. 위를 올려다보니 아뿔싸!

제트기가 우리를 향해서 날아오고 있는 게 아닌가. 뾰족하게 생긴 제트기의 머리가 마치 창처럼 우릴 겨냥한 채 돌진해 오고 있었다.

선생님과 나는 꼼짝도 못하고 그 자리에 얼어붙었다. 기지 근처에서 얼쩡거리는 게 수상쩍다고 우릴 쏘는 건 아닌지 두려움이 왈칵 밀려왔다.

죽음이라는 아득한 단어가 떠오르는 찰나, 제트기가 우리의 머리 위로 빠르게 지나갔다. 아니! 정확히 말하면 머리카락 위로 지나갔다. 눈을 질끈 감고 귀를 막은 채 몸을 새우처럼 웅크렸는데, 심장이 터질 듯 쿵쾅거리고 온몸이 뒤흔들렸다. 겨우 몇 초에 불과했을 시간이 영원처럼 길고 아득하게 느껴졌다.

제트기가 활주로에 착륙한 뒤에도 나는 식은땀을 줄줄 흘리며 한동안 멍하니 서 있었다. 두 번 다시 겪고 싶지 않은 악몽 같은 경험이었다.

걷다 보면 제트기처럼 난폭한 녀석도 만나지만 반가운 친구들도 종종 만난다. 새만금 곳곳에 살고 있는 작은 생명들! 논, 밭, 지붕 밑, 염전 등 만나는 장소도 다양하다.

논에서 제일 자주 만나는 건 왕우렁이다. 녀석들은 친환경 우렁이 농법에 쓰기 위해 80년대에 남미 아열대지방에서 들여온 외래종이다. 그런데 환경부에선 녀석들이 생태계에 문제를 일으킨다고 하고, 유기농 단체들은 그게 아니라고 맞서고 있단다. 뭐가 맞는 건지 당사자인 왕우렁이들에게 한번 물어봤으면 좋겠다.

농로를 따라 걷다가 논 안을 들여다보면 녀석들이 두세 마리씩 기어 다니는 게 흔하게 보인다. 수로에도 명태 알처럼 생긴 분홍빛 우렁이 알들이 다닥다닥 붙어 있다. 한번 만져 보고 싶었지만 왠지 색깔부터 독이 있을 것 같고 징그럽기도 해서 그냥 내버려 두었다.

그밖에도 논길 위에는 많은 친구들이 있다. 벼 사이에 숨은 덤불해오라기, 수로에서 쉬고 있는 참개구리, 우릴 보고 깜짝 놀란 꺅도요 등등. 갯벌에서 갯생명들을 만날 때와는 또 다른 기쁨이 있는 즐거운 길이 바로 논길이다.

마을을 지날 때는 사람들과 가까이 어울려 사는 생물들을 만난다. 할머니가 키우는 밭에서 꽤기나방 알집을 발견하기도 하고, 동네 입구에서 네발나비가 팔랑팔랑 날아다니는 모습을 보기도 하고, 옥구염전의 허물어진 소금창고에서 보초를 서고 있는 거미들을 만나기도 한다.

마을 근처에는 제비들이 들끓는다. 느긋하게 다리쉼을 하면서 녀석들이 하는 짓을 구경하는 것도 재미가 쏠쏠하다. 2009년엔 문포의 어판장에서 쉬고 있다가 제비들이 할미새 한 마리를 마구 공격하는 장면을 목격했다. 누가 누구의 영역을 침범한 건지는 모르겠지만 아무튼 굉장히 집요하고 맹렬한, 그리고 약간은 치사한 공격이었다.

제비들이 많이 모여 있는 곳을 관찰하다가 희귀한 갈색제비를 본 적도 있었다. 새 좋아하는 두원이 형이 처음 발견했는데, 흥분해서 펄쩍펄쩍 뛰는 모습이 마치 잃어버렸던 동생을 찾은 만형 같았다.

거전의 마을회관 처마 밑엔 귀제비 집이 있었다. 옛날엔 귀제비

| 새만금의 모든 길들은 생명들과 교감하는 길

가 나타나면 흉조라고 해서 둥지를 다 부수어 버렸다는데, 거전의 주민들은 낡은 미신보다 어린 생명들을 더 귀하게 여기는 어진 분들인 것 같다.

이렇듯 여러 길을 걷고 여러 생명들과 교감하면서 가다 보면 새만금을 바다나 갯벌로만 보지 않고 하나의 총체적 공간으로 이해하게 된다. 그곳에 사는 모든 생명들과 그들이 이루는 구석구석의 풍경들 하나하나가 새만금 안에서 저마다의 의미와 가치를 갖고 있음을 새삼 확인하게 되는 것이다.

이런 생각과 깨달음들은 모두 길 위에서 싹텄고 길 위에서 영글었다.

그래서 나는 사랑한다. 새만금의 모든 길들을!

우리들의 노래

"새만금을 만나면 세상이 얼마나 아름다운지 알 수 있습니다."

새만금에서 돌아온 뒤 방학 내내 집에서 흥얼거리는 '새만금을 만나면'이란 노래 중 한 소절이다. 언젠가부터 우리의 바닷길 걷기 주제곡으로 통하게 된 이 노래는 요즘 유행하는 아이돌 음악만큼이나 강한 중독성을 갖고 있다.

새만금에서 불렀던 모든 노래들은 한동안 내 머릿속을 점령한다. 여름철을 맞아 야심차게 발표된 신곡들은 가요프로그램 순위를 휩쓸지만 내 흥얼거림 리스트엔 명함조차 내밀 수 없다. 매년 여름 나의 리스트에 올라오는 노래들은 예외 없이 〈새만금을 걸으며 불렀던 노래〉라는 제목의 앨범에서 나온다.

힘을 내야 하는 순간엔 언제나 노래가 필요한 법이다. 뱃사공들이 뱃노래를 부르고 농민들이 농부가를 부르듯, 새만금에서도 걷다가 지쳤을 때 힘을 내려면 반드시 노래가 있어야 한다.

그런 사실을 일찌감치 깨달은 선생님들은 늘 바닷길 걷기에 어울릴 만한 노래들을 모아 오셨다. 처음엔 그냥 재미삼아 따라 불렀지만, 몇 곡 부르고 나니까 정말로 머리가 맑아지고 힘도 팍팍 솟는 것 같았다.

그런데 원래 있던 노래들만으로는 뭔가 부족했다. 아무리 좋은 노래라고 해도 그건 우리들의 노래가 아니었기 때문이다. 처음부터 바닷길 걷기를 위해 만들어진 노래! 우리에게 필요한 건 바로 그것이었다.

노래를 직접 만들기 시작한 건 2005년이었다. 그해엔 평화와 생태를 노래하는 가수 '별음자리표' 님이 우리와 함께했는데, 걸으면서 우리가 노랫말을 만들면 그분이 멜로디를 붙여 주셨다. 그렇게 해서 '그대로 그렇게'라는 우리들의 노래가 처음으로 만들어졌다.

'새만금을 만나면' 역시 2005년에 만들어진 우리들의 노래다. 이정원 선생님이 깃발에 적은 짧은 문구에 허정문 선생님이 곡을 붙이셨는데, 가사는 다음과 같다.

새만금을 만나면 세상이 얼마나 아름다운지 알 수 있습니다.
슬퍼서 아름답고 기뻐서 아름다운
땅과 사람들 함께해서 더욱 아름답습니다.

이 노래는 새만금이 아름다운 이유를 정말 잘 표현한 것 같다. 모든 죽어가는 것들을 보는 슬픔, 목적지까지 완주했을 때의 기쁨, 그리고 갯벌에서 땅과 사람들이 함께하는 모습. 그 모든 게 아름답다는 것이다. 새만금을 만나면 세상이 얼마나 아름다운지 알 수 있다는 건 내가 7년째 그 길을 걸으면서 직접 확인한 사실이기도 하다.

이정원 선생님은 2004년에 해창에서 해가 지는 것을 보며 눈물을 흘리셨다고 한다. "어떻게 이렇게 아름다운 풍경이 있을 수 있을

| 해창갯벌의 아름다운 해넘이. 사진 속 솟대들은 〈하늘마음 자연마음〉(최병수 작) ⓒ허철희

까?" 하면서 말이다.

그리고 그 해넘이 모습이 새만금의 운명인 것 같다는 느낌이 드셨다고 한다. 뭔가 지고 있는 것, 죽어가고 있는 것! 그러면서도 한편으론 아름답다는 생각이 들었단다. 시작하는 것도 생동감 있고 아름답지만, 끝나거나 단절되거나 헤어지거나 하는 슬픈 것들 속에도 아름다움이 깃들어 있다는 것이다.

그래서 슬픈 풍경을 보면서도 아름다웠기에 힘이 났다고 하신다.

노래 가사 중 "슬퍼서 아름답고"라는 대목은 그렇게 탄생되었다고 한다.

이 노래는 가사도 짧고 멜로디도 단순하다. 하지만 꼭 가사가 길고 멜로디가 복잡해야 좋은 노래가 되는 건 아니다. 새만금에서 느끼는 우리의 감정들이 정확하게 담겨 있다면 적어도 우리에겐 가장 좋은 노래가 아니겠는가? 이 노래가 우리의 주제가가 된 것도 바로 그런 이유 때문일 것이다.

원래 있던 노래들의 가사를 바꾼 개사곡도 우리들의 노래에 속한다. 매년 제일 많이 부르는 노래들 중 하나인 '새만금을 찾아가자'는 '백두산'이라는 노래를 개사해서 만들었다. 참 좋은 노래이긴 한데, 마지막에 음이 너무 높아져서 거의 대부분의 사람들이 음이탈을 하게 된다는 게 흠이라면 흠이다.

2008년 마지막 평가 모임 때는 김승영 선생님의 "(방조제) 물 터지는 소리가 들리면 얼마나 좋을까?"라는 말이 출발점이 되어 '일요일이 다 가는 소리'를 개사한 노래가 탄생했다. 새만금에서 들었던 소리들과 듣고 싶은 소리들을 담은 이 노래를 부르면 한편으론 재미있으면서 한편으론 코끝이 찡해진다.

'좋겠다'라는 동요를 개사한 노래도 단골 레퍼토리들 중 하나다. 이 노래는 해창 장승벌에서 고사를 지낼 때 어민들 앞에서 부르기도 했는데, "어부가 바다에서 행복하면 좋겠다, 새만금이 영원히 갯벌이면 좋겠다"라는 대목에선 늘 눈물이 나올 것 같아서 괜히 혼자 눈을 끔벅거리곤 한다.

창작이나 개사가 아닌 노래들 중에도 물론 좋은 노래들이 많다. '꼴찌를 위하여', '오솔길', '천리길' 등은 바닷길을 열심히 걷는 우리들에게 딱 어울리는 노래들이다.

특히 '꼴찌를 위하여'는 정말 마음에 와 닿는다. 꼴찌여도 마지막까지 포기하지 않으면 된다는 노랫말이 걷다가 지쳤을 때 힘이 되기 때문이다.

그래도 새만금에서 부르는 노래들 중 내가 제일 좋아하는 건 '도요새'이다. 간척으로 인해 사라지는 도요새들과 바다와 갯벌을 그리워하는 어민들의 마음을 담은 노래인데, 특히 "아아 천만금 주고도 바꿀 수 없는 바다여 갯벌이여"라는 대목은 너무나도 찡하게 마음을 울린다.

내가 보기에 이 노래는 고은식 아저씨가 불렀을 때 가장 완벽해지는 것 같다. 언젠가 걷기 도중 쉬는 시간에 다함께 이 노래를 부른 적이 있는데, 나는 부르다 말고 아저씨 노래에만 귀를 기울였다. 정말로 노래에 혼이 담겨 있는 듯한 느낌이 들었기 때문이다.

평생을 바다와 함께 살아온 아저씨의 목소리에는 새만금의 어민이 아니면 가질 수 없는 절절한 아픔과 그리움과 소망이 깃들어 있었다. 한국 최고, 아니 세계 최고의 가수라 해도 결코 흉내 낼 수 없는

| 새만금 살리기에 앞장섰던 계화도 어민 고은식 씨

노래! 요즘 〈나는 가수다〉가 인기인데, 아저씨는 '도요새' 노래를 통해 이런 말씀을 하고 싶으신 것 같다.

"나는 새만큼 어민이다!"

도요새 고규태 시 | 범능 스님 작곡

바다를 가로막아 무엇에 쓰려나
옛날부터 바다가 그대로 논밭인데
갯벌을 모두 메워 무엇을 만드나
옛날부터 갯벌이 그대로 공장인데
도요 도요 도요새 도와달라 외치네
아아 천만금 주고도 바꿀 수 없는 바다여 갯벌이여
아아 생명의 터전 우리가 우리가 지킨다

동진강 만경강은 흘러서 어디로
김제벌판 적시며 그대로 젖줄인데
백설이 내려앉은 소금은 어디서
옥구염전 알알이 그대로 보석인데
도요 도요 도요새 다시 볼 수 있을까
아아 천만금 주고도 바꿀 수 없는 바다여 갯벌이여
아아 생명의 터전 우리가 우리가 지킨다

모람모람 걷자!

언제부터인지는 모르겠지만 바닷길 걷기의 모토가 '모람모람 걷자!' 가 되었다. 모람모람은 '이따금씩 한데 모아서' 란 뜻의 순우리말인데, 매년 여름방학 때마다 모여서 함께 걷는 우리에겐 정말 딱 맞는 표현인 것 같다.

사람들끼리만 그런 게 아니고 자연과도 그렇다. 여름마다 꼬박꼬박 만나는 풍경과 생명들 역시 우리와 얘기를 나누고 마음을 주고받는다. 그러니까 우린 우리끼리만 걷는 게 아니고, 새만금의 모든 것들과 함께 모람모람 걷는 셈이다.

여름방학이 다가오면 늘 '새만금 시즌이 돌아왔구나!' 하면서 기분이 들뜬다. 새만금을 만나는 것도 설레지만, 반가운 친구들과 선생님들을 만나는 기쁨도 빼놓을 수 없다. 그런 즐거움에 비하면 땡볕에서 걷는 수고쯤은 정말 아무것도 아니다.

바닷길을 걸으려면 꼭 필요한 준비물이 몇 가지 있다. 첫 번째는 물이다. 새만금에선 갯벌 생물들이건 사람이건 물 없이는 절대로 못 산다.

우선 각자 개인 물병 2~3개를 아침마다 채워야 한다. 그리고 건장한 남자들은 밤새 얼려 놓은 2리터짜리 생수병들을 보급품으로

들고 다녀야 한다. 여기서 '건장한 남자'란 나를 비롯한 중고등학생들이다. 초등학생들은 아직 어리고, 선생님들한테 떠맡기기엔 좀 예의가 없는 것 같고, 그렇다고 여자애들한테 맡길 수도 없으니까.

찬물을 마시는 기쁨은 아침나절에만 누릴 수 있다. 출발할 때 시원하던 물은 얼마 지나지 않아 미지근해지고 나중엔 거의 온수로 바뀐다. 뙤약볕 밑에서 더운 물을 마시는 게 좀 우습긴 하지만 어쩔 수 없다. 물이 없어서 고통 받는 갯생명들에 비하면 그것도 엄청 호강이다.

다음으로 중요한 건 옷차림이다. 한여름 바닷가의 강렬한 자외선이 호시탐탐 우릴 노리기 때문이다. 모자, 긴팔 옷과 긴 바지, 선크림이 기본이고 몇몇 여선생님들은 한 발 더 나아간다. 선글라스, 마스크, 토시까지 완전 풀세트! 그러고도 모자라 손수건으로 목과 얼굴을 다 가린 채 눈만 빼꼼 내놓은 모습이 영락없는 게릴라들이다.

하지만 나는 죽어도 그렇게는 못 하고 다니겠다. 보기만 해도 더워질뿐더러, 피부암에 걸리기 전에 일사병으로 쓰러질 것 같기 때문이다. 난 선크림도 안 바르고 모자도 안 쓰는 유일한 '비무장 대원'이다. 뜨겁다 싶으면 고개를 번쩍 치켜들고 이렇게 외친다.

"옜다! 맘껏 태워 봐라."

그리고 새만금에서 돌아온 뒤엔 새카만 얼굴을 맘껏 뽐내며 돌아다닌다.

걷는 속도는 사람마다 조금씩 다르다. 같이 출발하더라도 걷다 보면 조금씩 간격이 벌어져서 나중엔 선두와 중간과 후미가 확실하

| 게릴라 같은 대원들 틈에서 글쓴이는 늘 홀로 비무장이다. 사진은 중학교 1학년 때

게 구분된다.

초등학교 때 나는 늘 맨 앞에서 길잡이 선생님과 나란히 걸었다. 1등 하고 싶은 승부욕 때문이었는지 아니면 그냥 빨리 걷고 싶어서 그랬는지는 모르겠지만, 아무튼 내 앞에 누가 있는 게 싫었다. 그래서 뒤처지면 따라잡고 뒤처지면 또 따라잡아 가면서 계속 선두를 유지하려 애쓰곤 했다.

어느 날, 늘 맨 뒤에서 걷던 선생님 한 분이 그날따라 앞쪽에 계셔서 슬쩍 여쭤 보았다.

“선생님은 왜 항상 뒤에서 걸으세요?”

그러자 선생님이 빙긋 웃으며 말씀하셨다.

“걸으면서 이쪽도 보고 저쪽도 보고, 새가 있으면 새도 보고, 노래도 부르고 하나 보니까 저절로 그렇게 되던데? 우리가 새만금에 걷기 운동 하러 온 건 아니잖아. 즐겁게 걷기 위해서 온 거지."

뭔가 가슴을 쿡 찌르는 게 느껴졌다. 그때까지 나는 그런 건 전혀 생각하지도 않고 무조건 앞에 가려고만 했던 것이다. 앞으로는 나도 위치에 집착하지 않고 최대한 많이 보고 많이 느껴야겠다는 생각이 어린 마음에도 어렴풋이 피어났던 것 같다.

그 뒤부터는 앞쪽보다 뒤쪽에서 걷는 경우가 더 많아졌다. 사람들과 얘기하고 자연과 얘기하며 걷다 보면 어느새 선두 깃발이 저만치 멀어져 있곤 했다. 요즘엔 무작정 앞에 가려고 애쓰는 꼬맹이들에게 이렇게 타이르기도 한다.

"야, 너 여기 운동하러 왔니? 즐겁게 걸으러 온 거잖아."

새만금 바닷길 걷기라고 해서 늘 '간척의 문제점은 무엇인가?' 또는 '어민들의 현황은 어떤가?' 같은 딱딱한 토론만 하는 건 아니다. "방조제 허물어라! 아무개 물러가라!" 하고 외칠 일도 거의 없다.

걷는 동안 친구들과 나누는 얘기들은 다른 친구들과 비슷하다. 게임, 축구, 노래, 영화 등등. 뭉쳐서 장난도 치고 농담도 주고받으면서 걷다 보면 심심할 새도 없고 시간도 아주 빨리 흐른다.

그래도 가끔 심심할 때는 주위에 있는 풀을 갖고 논다. 갈댓잎이나 강아지풀은 아주 훌륭한 놀이 도구다. 바람개비는 물론이고 강아지, 여우, 지네, 말, 토끼, 사람까지 못 만드는 게 없다. 풀잎이 있으면 풀피리를 만들고 갈대 줄기가 보이면 갈대피리를 만든다. 여자 아이들은 철쭉을 따서 월계관, 목걸이, 반지를 만들고 분꽃으로는 귀걸이를 만들어서 걸고 다닌다.

2007년에는 봉숭아를 따다가 손톱물을 들이기도 했는데, 남자가 열 손가락 다 하기 좀 뭣해서 새끼손가락만 슬그머니 내밀었다. 선생님께서 봉숭아 꽃잎에 백반을 넣고 빻은 것을 손톱에 얹은 다음에 랩으로 싼 후 실로 감아 주셨다. 첫눈 올 때까지 물이 안 빠지면 사랑이 이루어진다는 귀띔과 함께.

풀잎 바람개비를 돌리는 아이들

대책 없이 순진하기만 했던 나는 '사랑 같은 건 안 이루어져도 좋으니 제발 사람들이 새만금을 아끼고 사랑하게 해주세요' 라고 새끼손가락을 보면서 소원을 빌었다. 아침에 일어나 보니 어느새 새끼손톱이 빨갛게 물들어 있었다.

한참을 걷다 보면 아무리 무쇠다리라고 해도 쉬어야 할 때가 온다. 쉬면서 근육도 풀어 주고, 수분 보충도 해주고, 그늘에서 열도 식혀 줘야 한다. 새만금엔 우리가 매년 빠뜨리지 않고 들르는 별 다섯 개짜리 쉼터들이 곳곳에 있다. 대표적인 곳이 화포의 농막, 하제의 천막, 그리고 해창의 바람모퉁이다.

그중에서도 최고는 바람모퉁이였다. 걷기의 출발점 또는 종점이 되는 해창 장승벌로 가는 길목에 있는데, 이름 그대로 바람이 지나가는 모퉁이다. 그늘진 잔디에 편안하게 누워 있으면 기다렸다는 듯

바람이 불어와 온몸을 상쾌하게 만들어 준다.

하지만 2010년에 새만금을 찾았을 때 바람모퉁이는 사라지고 없었다. 도로를 내기 위해 포클레인으로 주위를 깡그리 밀어 버렸단다. 하제의 천막도 2009년에 사라져 버렸는데 바람모퉁이마저 없어졌다니! 왜 우리가 사랑하는 곳들을 번번이 이렇게 잃어야 하는지 너무나 억울하고 화가 난다.

새만금을 걸으면 바람이 얼마나 소중한지 알게 된다. 쉴 때는 편안함을 안겨 주고 걸을 때는 상쾌함을 선사해 주는 바람이 없었다면 우리의 걷기는 훨씬 지루하고 고통스러웠을 것이다. 바람모퉁이가 사라진 곳에 얼마나 넓은 도로가 생길지는 모르겠지만, 그 길모퉁이엔 더 이상 바람이 머물지 않을 것 같다.

쉼터에서 오이나 복숭아 같은 간식을 먹는 것도 좋지만, 걷는 동안 제일 즐거운 시간은 단연코 점심시간이다. 숙소 근처의 음식점이나 교회에서 밥통에 담아 주신 것을 싸들고 다니다가 적당한 곳에 앉아서 먹는다.

반찬은 정말로 별것 없다. 매실장아찌, 김, 김치 정도가 전부다. 집에서 엄마 없을 때 내가 대충 차려서 먹는 것보다도 더 수수하다.

하지만 우리의 도시락엔 아주 특별한 재료 하나가 추가된다. '걷기' 라는 이름의 조미료가 그것이다. 별것 아닌 음식들도 배낭에 넣어서 서너 시간쯤 갖고 다니면 하나같이 기막힌 맛으로 변하게 된다.

그래서 평소엔 음식을 가리던 꼬마들도 점심시간만 되면 말 한마디 없이 우걱우걱 음식을 우겨넣기에 바쁘다. 남기면 안 된다는 선생님 말씀은 매번 하나마나한 잔소리가 되어 버린다. 배불리 먹고 난 뒤엔 낮잠이라는 달콤한 디저트가 우릴 기다리고 있다.

일정이 늘 비슷하기 때문에 식사 장소도 비교적 일정한데, 2007년엔 아주 유별난 경험을 했다. 화포로 가는 도중에 지름길이랍시고 선택했던 낯선 둑방길 때문이다. 방치된 지 오래인 그 둑방길 주위엔 굵은 아카시나무들이 빽빽했고, 날카로운 가시들을 피해 한 줄로 걷다 보니 걸음이 자꾸만 느려졌다.

거의 기다시피하며 악전고투를 거듭하는 동안 해가 훌쩍 기울었다. 너무나도 배가 고팠던 우리는 결국 둑 위의 갈대들을 대충 쓰러뜨리고 그 위에 쪼그린 채 밥을 먹어야 했다.

밥통을 여는 것과 동시에 불청객들이 찾아들었다. 벼룩 크기의 초록색 벌레들이 사방에서 음식을 향해 달려들었고, 거미들도 군침이 도는지 여기저기서 기어 왔다. 그렇게 우린 녀석들과 점심을 나눠먹었다.

솔직히 말하면, 밥도 먹고 벌레도 먹었다. 흥부도 외면했을 것 같은 벌레 묻은 밥덩이였지만 어쩔 수 없었다. 우린 흥부보다 더 배가 고팠으니까.

바닷길을 걸을 때 밥만큼이나 반가운 게 바로 비다. 걷다 보면 유난히 덥고 힘든 날이 꼭 찾아오게 마련이다. 압도적 화력을 지닌 더위와의 힘겨운 전쟁! 다들 흐릿한 눈으로 흐느적거리며 걷는 모습이 꼭 괴기영화에 나오는 좀비들 같다.

그런데 그런 날엔 꼭 비가 온다. 아군을 구출하기 위해 출동한 공군 편대처럼, 먹구름이 하늘을 까맣게 가리며 몰려오는 것이다. 후두두둑 쏟아지는 굵은 빗줄기 속에서 좀비들은 다시 인간으로 바뀌고, 일제히 환호성을 지르며 두 팔을 한껏 벌린다. 〈쇼생크 탈출〉에서 탈옥에 성공한 듀프레인이 자유의 비를 만끽하는 바로 그 장면처럼.

하지만 마냥 취해 있으면 안 된다. 즉시 배낭에서 우비를 꺼내 입어야 한다. 젖은 채 걷다 자칫 감기라도 걸리면 큰일이기 때문이다.

소나기인 줄 알았던 비가 폭우로 바뀔 때도 있다. 그러면 더위가 아닌 비와의 전쟁이 시작되는데, 이번에도 우린 늘 일방적인 열세다. 싸구려 비닐 우비는 녹슨 갑옷처럼 쓸모없는 물건이 되어 버린다.

가끔 허리케인처럼 강력한 비바람이 휘몰아치기라도 하면 더 무시무시한 상대가 우릴 노리기 시작한다. 가공할 위력을 자랑하는 그 저격수의 이름은 다름 아닌 번개다.

둑방길을 걷는 우리에게 번개가 떨어질 확률은 꽤 높다. 주위가 전부 갯벌과 논이라서 우리가 제일 높은 곳에 있기 때문이다. 실제로 2007년엔 둑방길 한가운데서 무시무시한 번개를 만나 공포에 휩싸인 적도 있었다.

사방에서 잇달아 내리꽂히는 번개를 피해 우린 황급히 둑 밑으로 뛰어 내려갔다. 평소 같으면 위험해서 절대 내려가지 않을 만큼 경사가 가팔랐지만 주저하는 사람도 없고 말리는 사람도 없었다. 하긴, 생사가 위태로운데 그깟 타박상쯤이 대수였을까.

비가 그치고 다시 길을 나섰을 땐 정말로 몰골이 처량했다. 머리는 금방 감은 것처럼 젖어 있었고, 팬티까지 흠뻑 젖고, 신발에도 물이 차서 찔꺽찔꺽 개구리 소리가 났다. 다른 건 다 참아도 신발

젖는 건 못 참는 나로서는 정말 견디기 힘든 최악의 행군이었다.

둑방길 끄트머리에 도착할 무렵, 무심코 갯벌 쪽을 쳐다보았다. 칠면초 밭 너머로 무지개가 선명하게 걸려 있었다. 병사들을 환영하는 찬란한 깃발들처럼.

만경의 끝 비응도부터 동진의 끝 해창까지 바닷길을 걷는 동안 고생이란 고생은 다 해봤고, 희망이란 희망은 다 찾아보았다. 그리고 그 모든 것들을 사람들과 함께 나누었다.

가끔 '나 혼자라면 이 길을 걸을 수 있을까?' 하고 스스로에게 묻는다. 대답은 늘 '아니오!' 였다. 바닷길 걷기의 기쁨과 감동은 함께 걷는 데서 오는 것이니까. 달리 말하면, '모람모람' 이라는 말 속에서 우러나오는 것이니까.

| '모람모람'은 함께 걷고 함께 느끼고 함께 나누는 바닷길 걷기의 으뜸 구호다.

2장 닫힌 바다, 마른 갯벌

내 마음의 천국, 살금갯벌

살금갯벌은 내게 새만금의 아름다움을 처음으로 알게 해준 곳이다. 끝없이 펼쳐진 윤기 나는 갯벌 한가운데 서 있으면 한순간에 가슴이 탁 트이곤 한다.

그 전까지 내가 가본 갯벌들은 해수욕장처럼 늘 사람들이 우글거리는 곳이었다. 하지만 2005년에 처음 갔던 살금갯벌엔 우리 일행 말고는 아무도 없었다. 인적 없는 고요한 갯벌에 서 있으니 그곳이 정말로 넓고 포근하게 느껴졌다. 아! 갯벌은 이런 곳이었구나. 아늑하면서도 거대한 생명의 그릇…….

새만금의 광활함은 높은 곳에서 내려다보면 더욱 실감이 난다. 봉화산에서 바라본 살금갯벌은 바다처럼 넓었고, 멀리 북쪽으로 드넓게 펼쳐진 갯벌은 지구 끝까지 아득하게 이어질 것만 같았다. 실제로 썰물 때 살금갯벌에서 물끝선(바닷물과 갯벌의 경계선)까지 가려면 경운기를 타고도 30분이나 걸렸다고 한다.

만일 걸어서 간다면? 여기에 대해서는 언젠가 환경운동가 배귀재 박사님이 들려주신 일화가 좋은 대답이 될 것 같다.

"예전에 독일 갯벌에 간 적이 있었는데, 30분을 걸어 들어가서 물끝선을 만나니까 그곳 학생들이 그러는 거야. 세상에 이렇게 넓은 갯벌이 있는 줄은 몰랐다고. 그래서 한국의 새만금 갯벌에 가면

| 살금갯벌 들머리에 이정표처럼 서 있는 짱뚱어 솟대(최병수 작) ⓒ허철희

4시간도 더 걸린다고 했더니 다들 화들짝 놀라면서 입을 떡 벌리더군. 새만금에서는 물 빠진 뒤에 걸어 들어가다 보면 어느새 다시 물이 들어오니까, 걸어서 물끝선까지 간다는 건 아예 엄두도 못 낼 일이지."

살금갯벌에선 놀기도 정말 신나게 놀았다. 밀물이 슬금슬금 들어오는 갯벌에서 물싸움도 하고, 부드러운 뻘도 한 움큼씩 쥐어 던지고……. 그렇게 한참을 놀다 지쳐 숙소로 돌아가다가 내 앞으로 큰 그림자가 드리워진 걸 보고 뒤를 돌아보니, 어느새 갯벌 위로 노을이 붉게 젖어들고 있었다.

예전에는 '천국' 하면 막연하게 뭉게구름 위의 궁전을 떠올렸다. 하지만 지금 생각해 보면 진짜 천국은 그때 보았던 황홀한 노을빛을 담은 갯벌이 아닐까 싶다. 인간들만의 천국이 아닌, 뭇 생명들의 아름다운 천국.

하지만 그 소중한 천국을 몇몇 사람들이 모조리 독차지하고 싶었나 보다. 천국은 욕심 많은 사람들이 갈 수 있는 곳이 아닌데……. 그들이 이기심의 울타리로 갯벌을 둘러싸고 자기들만의 공간으로 바꿔 버린 뒤엔, 새만금은 더 이상 천국이 아닐 것이다. 땅이 바짝 말라 갈라지고 웅덩이마다 고인 물이 썩어 가는, 수많은 생명들의 시체가 즐비한 슬픈 지옥으로 바뀔 것이다.

달빛 아래의 갯벌은 어떨까? 저녁을 먹고 쉬고 있을 때 선생님들이 갯벌에 나가자고 하셨다. 깜깜한 밤에 갯벌에 들어가는 건 상상도 못해 봤는데, 귀찮다고 안 갔으면 정말 땅을 치며 후회했을 신비로운 경험을 했다.

손전등을 들고 찾아간 밤의 갯벌은 낮과는 사뭇 다른 미지의 세계였다. 밤이어서 그런지 모든 게 차가웠다. 공기도 차갑고 흙도 차갑고, 그래서 더욱 신선한 생명력이 느껴졌다. 가뜩이나 넓은 갯벌이 어둠에 잠기니 우주만큼 넓은 느낌이 들었다. "야아아!" 소리를 질렀더니 어둠 속 여기저기서 산속처럼 메아리가 들려왔다.

사실 갯벌에 사는 생명들에게 밤낮은 중요하지 않다. 녀석들은 우리와 달리 달(月)의 시간에 맞춰서 살기 때문이다. 밤중이라도 물이 빠지면 밥을 먹고, 한낮이라도 물이 차 있으면 쉬는 게 달시계에 맞춘 갯생명들의 삶의 리듬이다.

어둠 속에 우뚝 서서 손전등을 들고 있는 사람들을 멀리서 바라보니 흡사 거대한 게의 모습 같았다. 사람은 게의 눈자루 같고, 전등빛은 게의 눈처럼 보였다. 눈을 바짝 세우고 있다가 갑자기 벌떡 일어서서 큰 집게로 나를 집어들 것만 같았다.

혹시 천년 묵은 거대한 게들이 새만금 깊숙한 곳에 숨어서 갯벌을 지키고 있는 건 아닐까? 어느 날 갑자기 깊은 잠에서 깨어나 방조제를 단숨에 부숴 버리는, 그런 전설 같은 일이 실제로 일어날 수만 있다면…….

살금갯벌의 아름다움은 바다가 아직 열려 있기에 가능한 것이었다. 2005년엔 새만금 방조제가 완공되기 전이어서 중간에 약 2.7km 구간이 트여 있었다. 그 좁은 틈새로나마 밀물과 썰물이 드나들며 갯벌을 촉촉이 적셔 주었던 것이다.

방조제 완공 1년 뒤인 2007년에 살금갯벌을 찾았을 때는 할 말을 잃었다. 눈앞에 펼쳐진 광경을 도저히 믿을 수가 없었다. 회갈색으로 빛나던 갯벌은 온데간데없고, 메마른 사막만이 끝없이 펼쳐져 있었다. 그토록 풍요롭던 갯벌이 인간들의 탐욕 앞에서 처참하게 짓이겨져 있었던 것이다.

바다를 가로막은 거대한 방조제는 인간을 한층 우월한 존재로 만들어 주었을까? 나는 그렇게 생각하지 않는다. 뭔가의 가치나 고귀함은 그것이 얼마만큼 소중한 것들을 품어 주는가에 따라 결정된다

| 갯벌과 함께 죽어간 넋들은 모래바람에 실려 바다로 날아갔을까?

고 믿기 때문이다.

새만금 갯벌은 수많은 저서생물과 물새들, 그리고 어부들을 품어 줬었다. 하지만 갯벌을 메워 만들 매립지는 대체 뭘 품어 줄까? 골프장, 관광지, 화려한 고층건물들……. 그게 갯벌이 품던 생명들보다 소중하다는 근거를 나는 도저히 찾을 수가 없다.

결국 인간들이 한 일은 파괴일 뿐이다. 게들과 조개들의 터전을 없애버리고, 도요새들의 휴식처를 앗아 가 버리고, 어부들의 생계를 무너뜨렸을 뿐이다. 따지고 보면 세상에 파괴만큼 쉬운 건 없다. 정말로 힘든 건 창조해 내고 키워 내는 일이다.

둑 위에서 살금갯벌을 내려다보니 엄청난 모래바람이 일고 있었다. 영화에서 보던 사막의 모래폭풍 같았다. 죽은 게들, 죽은 새들, 죽은 조개들……. 새만금의 슬픈 넋들이 모래바람에 실려 멀리멀리 날아갔다.

'바람을 타고 날아서 그리운 바다에 내려 앉거라. 지켜 주지 못해서 미안해. 그래도 포기하지 않고 너희들이 다시 새만금을 찾을 수 있도록 노력할게.'

삭막한 모래바람에 그렇게라도 의미를 담아 보려 했지만, 마음 깊숙한 곳에서 치솟는 슬픔과 안타까움은 좀처럼 떨쳐지지 않았다.

2008년의 살금갯벌은 또 다른 모습을 하고 있었다. 허허벌판이던 곳에 듬성듬성 풀이 자라고 있는 게 보였다. 소금기를 머금은 모래바람이 농작물에 피해를 줘서 농민들이 일부러 씨앗을 뿌렸다고 한다.

이듬해엔 풀들이 너무 무성해져서 뚫고 나가기가 힘들었고, 다음 해엔 빽빽한 갈대밭이 우리의 발길을 가로막았다. 까마득한 세월 동안 한뼘 한뼘 넓어져 왔을 생명의 땅이 겨우 2~3년 사이에 흔적도 없이 사라져 버린 것이다.

기억 속에서나마 되찾고 싶은 내 마음속의 천국! 하지만 갯벌을 삼켜 버린 갈대밭 앞에선 왠지 예전의 모습들이 또렷이 떠오르질 않는다. 친구들과의 물장구도, 맨발의 밤 산책도, 심지어 그토록 감동적이던 저녁노을마저도.

기억이 더 무뎌지기 전에 바닷물에 젖어 반짝이는 살금갯벌을, 그 위로 번지는 꿈속 같은 노을빛을 다시 보고 싶다.

뭣 땜에 바다를 막냐 이거여!

비응도!

방조제의 시작점인 이곳을 나는 '비극의 시작점'이라고 부른다. 지피지기면 백전백승이라고, 우리는 걷기 코스가 아님에도 불구하고 늘 그곳을 찾아간다.

비응도에 가면 우리가, 그리고 새만금이 간절히 원하는 것이 있다. 코를 찌르는 반가운 짠내와 눈을 씻어 주는 푸르른 망망대해가 우릴 기다리고 있는 것이다.

방파제 위에 올라선 우리는 거친 바닷바람을 맞으며 결연한 표정으로 바다를 바라본다. 그런 다음 새만금 방조제에 대한 설명을 듣는 걸로 걷기의 첫 일정을 시작한다.

새만금 방조제는 33km로 세계에서 제일 길다고 한다. 그런데 여기서 잠깐! 이 숫자의 정체를 분명히 밝힐 필요가 있다.

1991년에 시작해서 2006년에 끝난 새만금 방조제 공사 구간은 해창(부안)에서 비응도(군산)까지였다. 그런데 저들이 내세우는 '33km'는 비응도가 아니라 그 옆 동네인 내초도까지의 거리다.

비응도~내초도 구간 역시 간척하면서 만든 방조제인 건 맞지만 그건 오래전의 일이다. 그러니까 원래부터 있던 방조제에 시멘트 좀 새로 발라 놓고, 그것까지 포함시켜 '세계 최대'니 '세계 최장'이니 떠들어 왔던 것이다.

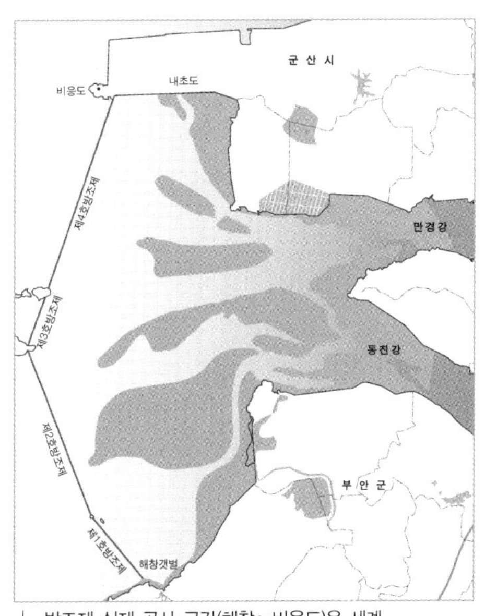

| 방조제 실제 공사 구간(해창~비응도)은 세계 최장과 거리가 멀다.

이런 식으로 눈 가리고 아웅을 하는 이유는 딱 하나다. 비응도까지의 거리만으로는 예전까지 세계 최대였던 네덜란드의 주다치 방조제(32.5km)를 이길 수 없기 때문이다. 해창에서 비응도까지는 30km가 채 안 되니까.

아무리 1등이 좋기로서니 꼭 이런 것까지 1등을 해야 할까? 얄팍한 방법으로 길이를 늘려 놓고 "500미터 차이로 1등이다"라며 좋아했을 사람들을 생각하면 한심하기에 앞서서 좀 안됐다는 생각이 든다.

새만금 방조제는 장장 15년간 무려 2조 8천700억 원을 들여 완공되었다. 하지만 이건 시작에 불과하다. 지금까지는 방조제 외부 공사였고 이젠 내부 공사를 시작해야 하는데, 거기엔 훨씬 더 많은 돈과 자원과 시간이 필요하기 때문이다.

우선 방수제를 지어야 한다. 방수제는 담수호와 육지를 구분하여 토지를 조성하기 위한 제방을 말한다. 한 개도 아닌 두 개의 강(만경강, 동진강) 기슭을 따라 쌓아야 할 제방의 길이만 해도 125km. '세계 최대 방조제'의 4배다.

방수제는 강물의 감옥이다. 좁아지기도 하고 넓어지기도 하면서 구불구불 자유롭게 흘러야 할 물길이 시멘트 사이에 갇힌 수로로 전락해 버린다. 강물에다 강아지처럼 목줄을 채워서 자기들이 원하는 길로만 끌고 다니겠다는 것이다.

방수제를 지은 뒤엔 땅을 높여야 한다. 소금기가 스며 있고 무르기까지 한 간척지에서는 경작을 할 수가 없기 때문이다. 1960년대에 간척된 계화도에선 땅을 2m 정도 북돋운 뒤에야 비로소 농사를 지을 수 있었다고 한다.

그런데 새만금 간척지의 경지 면적은 자그마치 401km²나 된다. 그 넓은 땅을 2m 높이는 데 쓸 어마어마한 흙은 대체 어디서 구해야 할까?

가장 손쉬운 방법은 산을 부수어서 그 흙을 쓰는 건데, 그렇게 되면 주위의 산이란 산은 깡그리 사라져 버릴 것이다. 이미 해창산을 비롯한 많은 산들이 방조제 공사 과정에서 무참하게 깎여 나갔다.

요즘엔 간척지 안에 도시를 건설한다는 얘기도 나오는데 그건 농지와는 완전히 차원이 다르다. 거대한 고층 빌딩들의 기초공사를 하려면 땅을 무려 7m나 높여야 한다. 그 천문학적인 양의 토사를 구하려면 남산 크기의 산 130개를 불도저로 밀어야 한단다. 대한민국이 평야 국가로 변할 날이 머지않았다.

농림부에서는 내부 공사를 2020년까지 완공하겠다고 한다. 하지만 그건 희망사항일 뿐이고, 실제로는 2030년이 될지 2040년이 될지 아무도 모른다. 분명한 건, 늦어질 수는 있어도 당겨질 수는 없다는 점이다.

비용 역시 마찬가지다. 도시와 농경지 조성, 수질 개선 등 새만금 내부 개발에 드는 총 비용은 자그마치 21조 6천억 원이라고 한다. 이것 역시 팍팍 늘어날 가능성은 99.9%고 줄어들 가능성은 정확히 0%다.

그렇게 많은 돈을 들이면서까지 개발을 계속해야 할까? 이제껏 들인 돈을 생각하면 중단할 수 없다는 말들을 많이 한다. 방조제를 지을 때도 "이만큼이나 해놓고 중단하면 지금까지 퍼부은 돈이 아깝다"는 게 그들의 논리였다.

하지만 이미 쓴 돈이 아까워서 더 많은 돈을 계속 버리는 건 누가 봐도 바보짓이다. 새만금의 어민들은 그런 사실을 누구보다도 잘 알고 있다.

"고기 잡는 어부가 봐도 이거는 안 되는 일인데 왜 정치하는 양반들은 계속 밀어붙이냐 이거여. 뭣 땜에 바다를 막냐 이거여. 잘못된 줄 알았으면 과감하게 도로 터야지. 대통령 공약이니까 죽어도 해야 한다? 선거 때 표 얻으려고 거짓말을 했더라도, 아니다 싶으면 지금이라도 하지 말아야지.

그럼 이 공사를 해서 이익을 본 사람은 누구냐? 공사하는 사람들, 정치가들, 사업가들이 전부여. 우리 동네에선 삽 가지고 가서 밀가루 한 포대 벌어 온 사람이 없다 이 말이여. 이익 보는 사람들은 다 따로 있어.

이건 내가 죽더라도 내 자손만대에 물려줘야 할, 진짜 아름답고 자원이 풍부한 강이고 바다여. 대체 왜 이걸 막냐고! 근데 우리 어부들은 힘이 없으니까 암만 떠들고 얘기해 봤자 소용이 없더라구."

— 어민 인터뷰 중에서

그렇다고 어민들이 방조제를 깡그리 없애버리자는 것도 아니다. 고인 물을 빼낼 때 가끔씩 여닫는 수문만 24시간 개방하면 그리로 바닷물이 드나들기 때문에 갯벌의 일부나마 옛 모습을 되찾을 수 있다. 이른바 해수 유통! 그것만이 새만금에 닥친 재앙을 최소화할 수 있는 가장 현실적인 대안이다.

도박에서 돈을 덜 잃는 최선의 길은 당장 도박을 그만두는 것이다. 게다가 자연을 결코 무모한 도박의 수단으로 삼아서는 안 된다. 만일 "되돌리기엔 너무 늦었다"고 우긴다면, 나는 "늦었다고 생각될 때가 가장 빠른 때"라는 격언을 들려주고 싶다.

기억 속의 들꽃, 만경강 다리

새만금 걷기를 하면서 만경강 다리를 지날 때면 중학교 2학년 국어교과서에 실린 「기억 속의 들꽃」이라는 단편소설이 생각난다. 무너진 다리 끝에 핀 들꽃을 따려던 명선이가 폭격소리에 놀라 떨어져 죽었던 바로 그곳! 실제로도 우리가 걷는 만경강 다리는 엄청 낡고 오래되어 금방이라도 무너져 버릴 것 같다.

만경강 하구에는 4개의 다리가 있는데 3개는 단단한 철판과 두꺼운 콘크리트로 되어 있고 자동차들이 쌩쌩 달리는 6차선 도로다. 우리가 건너는 만경강 다리는 오래전 일제시대 때 건설된 것이다.

이 다리를 건너고 나면 그날의 걷기는 모두 끝나고, 다리 바로 건너편의 청하 마을에서 하루를 마감하게 된다. 그래서 다리에 도착할 때쯤이면 늘 해가 뉘엿뉘엿 지곤 한다. 저녁노을이 젖은 종이에 잉크 한 방울 떨어뜨린 것처럼 하늘과 강물 위로 은은하게 퍼져 나간다. 그 평화로운 풍경에 취해서 이삼십 분씩 다리 위에 머물러 있을 때도 많았다.

주민들에게도 이 낡은 다리는 건너기 위한 다리가 아닌 머무르는 다리로 바뀌었다. 자리를 깔고 앉아 입질을 기다리는 망둥어 낚시꾼들이 이곳의 주인이다. 그들의 바구니는 늘 싱싱하게 펄떡이는 망둥어들로 가득 찼었는데, 2009년엔 한 분이 이런 말씀을 하셨다.

| 낡아서 더 정겨운 만경강 다리. 이곳 역시 방조제의 저주를 피할 수는 없었다.

"이제 망둥어를 회로 먹으면 절대 안 돼."

물론 거기엔 이유가 있었다. 방조제 완공 뒤부터 바다로 흘러나가지 못한 강물이 고여서 썩기 시작했고, 그런 하구에 사는 망둥어들은 냄새도 나고 몸에도 좋지 않다는 것이다. 감칠맛 나는 망둥어회를 못 먹게 된 것도 서운했지만, 만경강 다리 위 낚시꾼들의 활기가 사라진 게 훨씬 더 서운했다.

새만금은 위에서는 만경강이, 밑에서는 동진강이 흘러내려와 형성된 하구갯벌이다. 방조제 완공 전까지는 강과 바다가 직접 만났기 때문에 밀물 때면 바닷물이 강물을 거슬러 치고 올라왔다.

만경강 다리 바로 밑 신창 마을에서 밤에 밀물 시간이 되면 역류하는 바닷물과 흘러내려오는 강물이 서로 뒤엉켜 거대한 소용돌이를 일으키곤 했다. 달빛 환한 밤에 강물이 우르릉우르릉 소용돌이치는 광경은 얼마나 신비롭던지! 천 년 동안 잠자고 있던 용이 깨어나 물을 박차고 밤하늘로 솟구칠 것만 같았다.

강물과 바닷물이 섞이는 강 하구는 담수보다는 염도가 높고 해수보다는 낮다. 이런 곳을 가리켜 '기수역'이라고 하는데, 독특한 환경 덕분에 다른 지역들에 비해 생물의 종류가 다양한 경우가 많다.

만경강과 동진강도 마찬가지였다. 제일 먼저 떠오르는 건 칠면초들이다. 칠면초는 소금기 있는 갯벌에서 자라는 염생식물인데 산호처럼 생겼고 불그스름하다. 만경강 하구 가장자리를 따라 길게 이어진 칠면초 군락은 가을의 단풍보다도 더 울긋불긋해 보였다.

하지만 새만금을 대표하는 생물은 단연 물새들이다. 크고 작은 도요새와 물떼새 수만 마리가 햇빛에 흰 배를 반짝이며 군무를 추는 모습은 한번 보면 절대 잊을 수 없는 경이로운 풍경이다.

만경강은 동진강보다 갯벌 면적이 넓고 새들도 훨씬 많았다. 만경강 하구의 화포 염습지는 새만금에서 저어새(천연기념물 제205호)가 제일 많이 오던 곳이고 도요새들도 엄청나게 많았던 곳이다.

동진강은 새들의 개체 수가 적은 대신 종류가 훨씬 다양했다. 운이 좋으면 장다리물떼새 같은 희귀종을 만날 수도 있었다고 한다. 비록 나는 한 번도 녀석의 늘씬한 외모를 확인하지 못했지만.

두 강의 이런 특징을 비행기 좌석에 비유하자면, 동진강은 이용하는 승객들은 적지만 귀빈들이 많은 비즈니스석이고, 만경강은 대다수 평범한 승객들이 즐겨 이용하는 이코노미석이라고 할 수 있다.

눈길 닿는 곳마다 생명의 활기로 충만하던 만경강과 동진강이지만, 지금은 예전의 생기발랄함을 모두 잃었다. 방조제가 바다와 강물을 갈라놓았기 때문이다.

우선 유속이 급격하게 느려졌다. 고속도로에서 사고가 나면 뒤차들이 대책 없이 정체되는 것처럼, 앞서 간 강물이 바다로 나가지 못하고 고여 있으니까 뒤에 오던 물도 점점 속도가 느려지는 것이다.

사실 눈으로만 봐서는 그런 차이를 느끼기 어렵다. 하지만 흐름이 막혔다는 걸 알고 난 뒤부터는 강을 쳐다볼 때마다 가슴이 턱턱 막히고, 머리도 뭔가에 꽉 눌린 것처럼 답답하다.

> "여기가 지금… 한 마디로 말하자면 죽음의 땅이라고 보면 돼요. 방조제 막고 나서부터 바닥에 퇴적물들이 정화가 안 되니까, 물속의 뻘을 긁어서 펴내 보면 시커머니 썩어 들어가고 있으니까…….
> 농촌공사에서 여기 오염물질 거시기 하는 거(정화하는 거) 4개 짓는다고 하는데, 내가 그랬어요. 그럼 뭐할 것이냐? 물은 안 썩는다고 해도 밑의 퇴적물은 썩는다. 왜? 유속이 없으니까.
> 그럴 수밖에 없잖아요. 옛날엔 여기가 물이 아주 세서(빨라서) 동진강물에 오리 다리 부러진다고들 했어요. 물이 얼마나 세면 그런 말을 했겠어요?"
>
> — 어민 인터뷰 중에서

느려진 유속, 썩어 가는 강물! 문제는 거기서 끝나지 않는다. 기수역이 사라지면 거기에 살던 생물들, 특히 어린 치어들이 사라질 수밖에 없다. 녀석들은 염분이 높은 바다나 염분이 아예 없는 담수에선 생존이 불가능하기 때문이다.

"여기가 동진강 하구인데 바닷물과 강물이 교차되는 과정에서, 풍천장어 아시죠, 여러분들? 그게 엄청나게 많이 잡혔습니다. 그러고 예전엔 참게가 갯벌에 물기만 짜박짜박 있으면 걸어 다녔어요. 발길에 툭툭 걸릴 정도로 참게가 많았어요. 이젠 다 옛날 얘기지만……."

"꽃게 같은 것들이 많았지. 가을이면 새우도 많았고. 근데 인자 새만금을 막고 나니까 그런 것들이 줄어들어 버렸지. 고기가 싹 없어져 버렸지. 이 안에 먹고 살 것이 없어요."

"동진강 다리 위로는 잉어도 나와요. 이번 장마에는 새만금 전체가 민물이었다니까요."

— 어민 인터뷰 중에서

| 절실한 만큼 비장했던 어민들 ⓒ허철희

방조제는 이렇게 기수역을 앗아 갔고, 만경강 동진강의 생명들을 앗아 갔고, 어민들의 얼굴에서 웃음을 앗아 갔다.

유속이나 염도는 급격하게 변했지만 눈에 보이지는 않는다. 두 강을 건너면서 정말 눈에 띌 정도의 변화를 느낀 건 가장자리 습지들이었다. 만경강에서 불타오르던 붉은 칠면초들은 간데없고 갈대들이 그 자리를 온통 뒤덮고 있었다. 윤기가 자르르 흐르던 동진강 하구의 갯벌 위에도 껑충한 갈대들이 들어섰다.

바람에 흔들리는 갈대밭이 멋있기는 하다. 하지만 그곳의 원래 풍경과 원래 주인들을 기억하는 내겐 단지 허무하고 단조로운 풍경일 뿐이었다. 무심한 갈대밭 속에서 개개비사촌들이 끊임없이 울어댔다.

이제 동진강과 만경강에는 더 이상 기수역이라는 구간이 존재하지 않는다. 바닷물이 들어오지 않기 때문이다. 두 강이 막히면서 우리나라의 큰 강들 중 하구둑이나 방조제 없이 자연 상태 그대로인 강은 한강과 섬진강밖에 남지 않았다.

그런데 설상가상으로 이젠 4대강을 다 도려내 버린다고 한다. 한국 최대의 하구갯벌 새만금을 죽이고도 모자라 한반도의 정맥과도 같은 4대강마저 망치려 하다니! 그렇게 자연을 죄다 망가뜨려야만 속이 시원한 사람들은 대체 어느 별에서 온 종족들일까?

염전 이야기

하제 마을에서 피곤한 다리를 풀며 숨을 돌리고 다시 걷다 보면 지금까지와는 생판 다른 풍경을 만난다. 남수라에서 하제까지는 멀리 바다와 갯벌을 보면서 바닷길 걷기의 분위기를 만끽할 수 있다. 하지만 하제를 넘어서면 갑자기 그럴듯하게 가꿔 놓은 넓은 잔디밭이 생뚱맞게 눈앞에 펼쳐진다. 잔디밭 옆 호수는 뭔가 어색하다 싶을 정도로 물빛이 새파랗다.

잔디밭 위에선 골퍼들이 한가로이 골프를 치고 있다. 우리는 등짝에 옷이 착 달라붙도록 땀이 흥건한 채 신발은 비에 젖고 온몸은 진흙 범벅이 되어 걷고 있는데 '귀족들의 스포츠'라니! 정말 분위기 확 깨는 풍경이 아닐 수 없다.

그들이 수건 두르고 땡볕에서 행군하는 우릴 이상한 눈길로 쳐다볼 것을 생각하면 나도 괜히 기분이 나빠진다. 따지고 보면 정작 이상한 눈으로 바라보아야 할 사람들은 우리인데도 말이다.

주위를 보면 앞에는 바다와 갯벌이, 양옆으로는 포구와 고깃배들이 보인다. 그 평화로운 풍경을 지키고자 하는 우리의 행군은 배경과 너무나 잘 어울리는 한 폭의 그림이 아닌가? 여기에 느닷없이 초록색 물감을 들이부어서 작품을 망쳐 놓은 게 누구인지는 굳이 말할 필요도 없지 않을까.

비록 지금은 초록색 얼룩에 덮여 버렸지만, 원래 그 자리엔 백만 평이 넘는 '한국염전'이 드넓게 펼쳐져 있었다. 우리나라에서 제일 컸던 천혜의 소금밭! 햇볕과 바람으로 소금을 빚던 그곳에 지금은 염부들 대신 골퍼들이 어슬렁거리고 있는 것이다.

골프장을 지을 때 주민들의 의견은 들어 보지도 않고 일방적으로 결정을 하는 바람에 마을사람들이 된통 들고 일어났었다고 한다. 주민들 무시하고 골프장 짓는 사람들이나 어민들 무시하고 방조제 짓는 사람들이나 뻔뻔하기는 피장파장인 것 같다.

더 웃긴 건 당시 골프장 플래카드의 선전 문구다. 여기저기 걸렸던 플래카드마다 '친환경 골프장'이라는 황당한 구호가 적혀 있었다는 것이다.

골프장 잔디엔 시도 때도 없이 엄청난 양의 농약이 뿌려진다. 걷는 도중에 보았던 새파란 호수가 바로 그 농약에 찌든 물이다. 그런데도 '친환경'이라니! 풀만 심어 놓으면 다 친환경인가? 그렇게 대놓고 거짓말하는 걸 보면 4대강을 죽이면서 '4대강 살리기'라고 우기는 사람들과 같은 별 출신들인 모양이다.

이곳을 지나다 보면 새들이 호수 위를 떠다니는 걸 자주 목격한다. 논병아리가 예쁜 새끼들을 데리고 헤엄치는 걸 본 적도 있다. 도대체 그 물이 어떤 물인지나 알고서 그러느냐고, 당장 아기들 데리고 나오라고 얘기해 주고 싶었다.

눈엣가시인 골프장을 지나고 어은리 마을을 지나면 또 다른 염전이 우릴 기다린다. '도요새'라는 노래 가사에 등장하는 '옥구염전'

이다.

이곳 역시 작업이 중단되고 버려진 건 마찬가지지만, 그래도 한국염전과는 달리 예전 염전의 모습을 아직 간직하고 있다. 커다란 거미줄이 드리워진 소금창고, 녹슨 지붕, 그리고 여기저기 흩어진 바닥 타일들…….

옥구염전은 값싼 중국산 소금의 압박에도 꿋꿋이 버티면서 질 좋은 소금을 만들어 냈다. 하지만 방조제 4공구가 막히면서 염도가 낮아지자 더 이상은 버틸 재간이 없어 결국 2003년에 문을 닫았다고 한다.

| 폐허가 된 옥구염전의 소금창고. 한때는 소금 더미가 천장까지 수북했건만……. ⓒ허철희

2008년에 들러 보니 소금창고는 곳곳이 허물어져 있고 염전 바닥에선 칠면초들이 듬성듬성 자라고 있었다. 오래된 유적지를 발견한 듯한 느낌이랄까? 한때 번영을 누리다가 화산 폭발로 잿더미 속에 묻힌 고대 도시들처럼, 옥구염전도 새만금 방조제라는 재앙 앞에서 쓸쓸하게 무너져 버린 것이다.

폐허가 된 염전을 둘러보며 옛 모습을 하나씩 상상해 보았다. 넓게 펼쳐진 소금밭, 반짝반짝 빛나는 소금 결정들, 고무래(소금을 긁어 모으는 도구)로 작업 중인 일꾼들……. 수북이 쌓이는 소금더미를 보며 고된 노동의 보람을 느끼던 그을린 사람들을 이제 새만금에선 더 이상 만나 볼 수 없다.

2009년엔 염전 자리를 파서 새우 양식장으로 바꾼 곳들을 많이 볼 수 있었다. 수차(水車)가 돌아가면서 내는 요란한 물소리가 세월과 소금에 절여진 염전에서의 고요한 명상을 방해했다. 수차에서 튀어 오르는 물거품들이 마지막 염전의 기억처럼 허공 속으로 하나 둘씩 사라져 갔다.

2008년에는 옛날에 염전에서 일하시던 할아버지를 어은리 숙소로 모셔 와서 염전 이야기를 제대로 들었다. 소금을 만드는 과정을 하나하나 자세히 설명해 주셨는데, 듣고 보니 정말 손이 엄청나게 많이 가는 작업이었다. 생산량 역시 놀랄 만큼 많았단다.

"소금 만드는 네모난 칸들 있지? 그거 1만 8천 평을 1개반이라고 불러. 1개반마다 6명씩 일했지. 12시 정도가 되면 그때부터 소금꽃이 둥둥 뜨기 시작하는데 그걸 계속 고무래로 쓸어서 모아 줘야 혀.

5시 이후부터 소금이 많이 생기는데, 1가마당 60kg까지 채워서 소금창고까지 어깨에 메고 가면 골 빠져부러. 그렇게 해서 하루에 6명이 100가마를 만들었어. 이게 여간 힘든 일이 아니었당께. 장화를 신으면 소금 때문에 미끄러워서 난리였고, 페달을 밟아서 바닷물을 끌어올리는데 어찌나 힘들던지……. 소금물은 맹물보다 무거워서 끌어올리는 게 훨씬 힘들어."

염전의 규모는 한국염전이 80개반이고 옥구염전은 10개반이었다고 한다. 그럼 한국염전에서 하루에 8천 가마, 옥구염전에선 1천 가마가 나왔다는 얘긴데, 정말 어마어마하다고밖에 표현할 길이 없다. 하긴, 그 소금으로 온 나라 국민들이 먹고 살았다니까.

염전에서 본 것들 중 내가 제일 좋아했던 건 타일이다. 햇볕을 잘 받으라고 검은색으로 만든 이 타일들은 염전 바닥에 테트리스 조각들처럼 촘촘하게 깔려 있다. 표면이 거친 플라스틱 타일이 있는가 하면, 도자기로 만든 매끄러운 타일도 있었다.

도자기 타일의 촉감이 마음에 든 나는 한 개를 주머니에 넣고 걷는 내내 만지작거렸다. 힘들고 피곤할 때 그걸 만지면 왠지 기분이 좋아지는 느낌이었다.

가끔씩 꺼내서 들여다보면 타일에선 희미하게 바다 냄새가 났다. 검은색을 한 꺼풀 벗겨 내면 그 속에 바다처럼 짙푸른 빛을 머금고 있을 것만 같았다.

옥구염전 하면 절대 빼놓을 수 없는 게 하나 있다. 만조 때마다 염전으로 날아들던 수만 마리의 도요새들이다.

| 옥구염전 타일 바닥 위를 뛰노는 아이들. 소금 대신 흙먼지가 고무래에 쓸려 다닌다.

녀석들은 갈매기나 오리들과 달리 헤엄을 칠 수 없기 때문에 바닷물이 차오르면 즉시 안전한 곳으로 이동해야 한다. 넓으면서 물도 얕은 염전은 그럴 때 더없이 좋은 피난처가 된다. 옥구염전이 아직 도요새들의 단골 쉼터였을 무렵, 만조 때 입구에 엎드려 있으면 머리 위로 날아가는 수많은 도요새들의 날갯소리를 가까이에서 들을 수 있었다고 한다.

도요새들의 군무는 새만금 곳곳에서 자주 보았지만 그 유명한 옥구염전의 군무는 아쉽게도 볼 기회가 없었다. 동영상으로 찍은 것만 보았는데 정말로 황홀함 그 자체였다. 염전이 건재하다면 언젠가는 그걸 직접 보는 기쁨을 누릴 수 있으련만, 이제 염전은 사라졌고 도요새들마저 새만금을 떠나가고 있으니…….

텅 비어 버린 옥구염전의 낡은 창고에 줄을 친 거미는 무슨 생각으로 그곳을 지키고 있을까? 녀석은 어쩌면 소금창고에 깃들었던 지혜를 지키고 싶은 것인지도 모른다. 사람과 자연이 더불어 살아가는 지혜! 자연을 지배하고 착취하려는 인간의 탐욕 속에 묻혀 버린 그 소중한 지혜를.

조개들이 사라진 거전갯벌

거전갯벌은 새만금의 정중앙이다. 만경강과 동진강이 만나는 이곳은 우리가 만경 팀과 동진 팀으로 나누어 걸을 때 두 팀이 만나는 곳이기도 하다. 전체 일정을 못 채우고 중간에 올라가는 사람들을 배웅하는 곳 역시 여기다. 이를테면 만남과 이별의 장소인 셈이다.

숙소도 좋고 밥도 맛있는 곳이지만 이곳의 가장 큰 매력 포인트는 뭐니뭐니 해도 신나는 조개잡이였다. 거전의 모래질 갯벌은 새만금 전 지역을 통틀어 백합이 많이 나오기로 손꼽혔던 곳이다.

2005년에 처음 갯벌에 들어갔을 땐 정말 '흙 반 조개 반' 일 정도로 조개 천국이었다. 갈퀴로 아무 데나 콕 찍어도 백합 한두 마리가 어김없이 나왔다. 어떤 곳에서는 파는 곳마다 동죽이 척척 걸려들었다.

그렇게 줄줄이 나오다 보니 한두 시간만 열심히 캐면 어느새 망태기 하나가 가득 차곤 했다. 캘 때는 흥분해서 닥치는 대로 집어넣었는데, 막상 짊어지고 나오려니까 너무 무거워서 엄청 애를 먹었던 기억이 난다.

조개 캐는 것만 즐거운 게 아니었다. 빨빨거리며 기어 다니는 게들, 폴짝폴짝 뛰어 다니는 망둥어들, 느릿느릿 기어가는 민챙이들을 잡으려고 이리 뛰고 저리 뛰느라 다들 정신이 혼미해질 지경이었다.

망둥어들은 어찌나 빠른지 통통 튀어서 갯골에 숨으면 잡을 재간이 없었다. 게들 역시 구멍 속으로 들어가고 나면 끄집어낼 방법이 없어서 입맛만 다시고 돌아서야 했다.

거전갯벌 조개잡이(2005년)

갈퀴로 뻘을 파다가 엄청긴 조갯살이 보여서 들어 올려 봤더니 맛조개였다. 몸통이 잘려 나간 걸 보고 어쩔 줄을 몰라, 소용없는 짓인 줄 알면서도 다시 붙여 보려 했다. 지금 생각해 보면, 작은 생명 하나라도 소중히 여기던 어릴 때의 그 마음이 참 예쁘게 여겨진다.

"선생님 물에 빠뜨리자!"

갯생명들이랑 노는 것도 즐겁지만 사람들끼리 노는 것도 그에 못지않게 즐겁다. 함께 물장구 치고, 뻘을 상대방 얼굴에 가득 묻히기도 하고, 그렇게 친구들이나 선생님들과 같이 뒹구는 건 오직 새만금에서만 가능한 유쾌한 놀이였다.

남자아이들은 갯벌에 몸을 담그고 싶지 않은 사람들, 혼자 한가로이 거닐고 있는 선생님, 겁 많고 깔끔 떠는 여자아이들을 공격 목표로 삼는다. 마치 하이에나 떼처럼 우르르 달려들어 포위한 다음 머드팩을 시켜 주거나 바닷물에 풍덩 빠뜨린다. 그러면 처음엔 기겁을 하지만 나중엔 "에라, 모르겠다" 하며 같이 물장구를 치거나 뻘을 집어던지게 되어 있다.

즐거움이 한가득이었던 우리들의 놀이터 거전갯벌! 그러나 바다가 완전히 가로막힌 2006년부터 이곳은 즐거움보다는 안타까움으로 우리에게 다가오기 시작했다.

그 해에도 어김없이 조개잡이 체험을 하러 갯벌로 나갔다. 하지만 그곳은 더 이상 윤기 흐르는 기름진 갯벌이 아니었다. 그냥 고운 모래에 물 좀 뿌려 준 것처럼 보였다. 어떻게 막힌 지 겨우 3개월 만에 그렇게 비온 뒤의 놀이터 모래처럼 변해 버릴 수가 있는 걸까?

그날 잡은 백합은 겨우 20마리가 채 안 됐다. 여기가 정말 내가 알던 그 거전갯벌인가 싶을 정도로 충격적인 상황이었다. 저마다 한 망태기씩 채워서 나갈 정도로 많던 그 조개들은 대체 어디로 가 버린 것일까? 그나마 캐낸 백합들도 하나같이 크기가 작고 부실했다.

우리는 어린 백합들을 다시 갯벌에 풀어 주었다. 녀석들이 도끼날처럼 생긴 혀로 갯벌을 파고 밑으로 스르르 들어간다. 예전엔 저렇게 부드러운 살로 어떻게 갯벌을 파는지 궁금했었는데, 이번엔 전혀 다른 의문이 고개를 들었다. 갯벌이 점점 더 딱딱하게 굳을 텐데, 그래도 녀석들이 바닥을 팔 수 있을까?

그전엔 갯벌에서 조금이라도 더 놀고 싶어서 선생님들이 나가자고 몇 번씩 재촉을 해도 못 들은 체했었다. 하지만 이번엔 조금이라도 더 빨리 나가고 싶어서 일찌감치 발길을 돌려 버렸다. 반대하는 사람은 아무도 없었다. 누구든 우울한 공간에 오래 머물고 싶진 않을 테니까.

문득 뒤를 돌아보니 갯벌 여기저기에 시퍼런 멍이 들어 있었다. 파래가 낀 것인데, 아주머니들도 그것 때문에 미끄러워서 일을 못 하겠다고 하신다. 칠게들도 파래에 뒤덮여서 초록색으로 보였다. 녀석들은 원래 집게발을 번쩍번쩍 드는 습관이 있는데, 마치 바닷물 좀 들여보내 달라고 애원하는 몸짓처럼 보였다.

그 해에 캤던 조개들은 우리가 새만금에서 캔 마지막 조개였다. 이듬해인 2007년, 거전갯벌은 더 이상 우리에게 조개를 내줄 수 없는 빈털터리 땅이 되어 있었다.

조개잡이 체험을 새만금에서 더 이상 할 수 없게 되자 선생님들은 다른 갯벌을 찾아보기로 했다. 처음 온 사람들에게 마른 갯벌만 보여 주는 게 미안하셨던 모양이다. 새로운 체험 장소는 새만금 바로 위에 있는 서천의 장항갯벌이었다.

그곳 역시 1년 전에 산업 단지 조성을 위해 매립될 위기에 처했었는데, 어민들이 들고 일어나서 그 계획을 무산시켰다고 한다. 참 장하신 분들이란 생각과 함께 아쉬움이 강하게 밀려들었다. 새만금도 어민들이 처음부터 그렇게 똘똘 뭉쳐서 제대로 반대를 했으면 충분히 지켜 낼 수 있었을 텐데…….

망가져 가는 바닷길을 힘겹게 걸은 다음, 마지막 날 버스를 타고 서천으로 갔다. 갯벌 체험을 하게 되면 예전에 거전에서 그랬듯 신나게 놀 거라고 생각했지만 예상은 완전히 빗나갔다. 선생님들이 갯벌 안쪽으로는 아예 들어가질 못하게 하셨던 것이다.

"갯벌에는 무수한 생명들이 살고 있단다. 게나 조개는 갯생명들 중 가장 큰 축에 속해. 눈에 보이지 않는 생물들이 훨씬 더 많거든. 우리가 갯벌을 한 번 밟을 때마다 최소한 몇 십 마리의 생명들을 죽이게 되는 거야. 그러니까 이제부터는 막 뛰놀지 말고 최대한 조심조심 다니자꾸나."

그 말씀을 듣고 나니 내가 지금까지 멋모르고 밟아 죽였을 무수한 갯생명들에게 미안한 마음이 들었다. 그런 중요한 사실을 모르고 마구 날뛰었다는 게 부끄럽기도 했다.

2008년부터는 갯벌 체험을 하지 않았다. 하고 싶어도 어차피 새만금에선 할 만한 장소도 없었다. 그래도 새만금의 변화를 눈으로 직접 확인하자는 생각에 마음의 고통을 무릅쓰고 거전갯벌에 들어갔다.

그리고 많이 서러웠다. 왼쪽 편엔 갈대가 무성했고, 몇 마리 안 되는 게들은 딱 봐도 탈진한 게 역력해서 죽기 일보 직전인 것 같았다. 수많은 백로와 황로들이 갈대밭 저편에서 무심하게 날아올랐다.

날개 펼친 매가 순찰을 돌던 민가사섬(거전갯벌에 있는 작은 무인도)은 더 이상 갯벌 위에 우뚝한 멋진 섬이 아니라 허허벌판에 난 흉한 혹처럼 보였다. 뒤돌아 나오는 길에 이정원 선생님이 하신 말씀이 지금도 잊히지 않는다.

"여기에 서 있으면 우주와 내가 하나로 이어져 있다는 걸 느낄 수 있었는데……."

그리고 또 몇 년이 흘렀다. 이제 거전갯벌은 한때 이곳에서 조개를 잡았다는 게 거짓말처럼 들릴 정도로 황폐하게 변해 버렸다. 살짝만 파도 백합과 동죽이 줄줄이 걸려 나와서 어떻게 들고 갈까 걱정했던 때가 까마득한 옛날처럼 느껴진다.

거전갯벌에서의 즐거운 추억

그때만 해도 나는 세상의 모든 갯벌이 다 그런 줄 알았다. 그리고 영원히 그럴 거라고 믿었다. 살아 있는 갯벌, 살아 있는 조개, 살아 있는 새만금이 너무나 그립다. 하늘로 퍼져 나가던 우리들의 웃음소리도.

명품 도시보다 일품 갯벌

여름방학이 되어 들뜬 마음으로 바닷길 걷기의 출발지로 가다가 전북에 도착하면 기분을 망쳐 버리는 플래카드가 곳곳에 등장한다.

"새만금, 명품복합도시—대한민국 랜드마크로 기획한다!"

"기다려라 두바이! 새만금이 간다!"

"대한민국의 미래 새만금이 열어 가겠습니다."

2009년의 바닷길 걷기 첫날, 내초도에서 비응도로 가는 길에도 이런 플래카드들이 다닥다닥 붙어 있었다. 그리고 그 옆에는 버려진 배들이 뒹굴고 있었다.

명품? 짝퉁이 아니고? 저런 사탕발림에 넘어갈 내가 아니지! 올해엔 그 어느 때보다도 더 의미 있는 걷기를 하겠다는 굳은 다짐이 바로 그 순간에 솟아올랐으니, 엉터리 플래카드들도 완전히 쓸모없는 건 아닌 셈이다.

대한민국의 미래라는 '제2의 두바이'는, 아니면 두바이가 부도 사태로 시들해지자 잽싸게 바꿔 부르기 시작한 '제2의 베네치아'는 대체 어떻게 생겨 먹었을까? 농림부 사이트에 들어가서 새만금 홍보 영상을 보니 그림은 정말 그럴싸했다.

밑그림은 화려하다. 물을 이용한 레저 도시, 글로벌 국제 도시,

녹색성장 시범 도시, 사람을 먼저 생각하는 인간 중심 도시, 두바이와 암스테르담을 뛰어넘는 친환경 명품 도시……. 구체적으로 군산은 산업 단지, 부안은 관광과 레저 단지, 김제는 농업 단지로 활용한다고 한다. 또 신시도와 야미도엔 신항만을 만든다고 한다.

솔직히 말하면 그 영상을 보고 화가 나서 죽을 뻔했다. 다 좋으니 제발 '친환경'이라는 말은 안 쓰면 안 되나? 언어의 오남용도 유분수지, 갯벌에 사는 수많은 생명들을 죄다 죽여 놓고 어떻게 감히 그 단어를 입에 담는단 말인가.

새만금의 장밋빛 청사진은 사람들을 현혹시키는 말장난에 불과하다. 수질 문제, 어민 생존권 문제, 천문학적 예산 문제 등은 전혀 언급하지 않고, 겉만 번지르르하게 꾸며서 환상을 심어 주고 있는 것이다. 그 모든 게 한낱 꿈에 불과하다는 건 새만금을 단 하루만 걸어 보면 누구나 알 수 있는데도.

지금 새만금에 가서 방조제 안쪽 바다와 호수를 둘러보면 얼굴을 찡그리지 않는 사람이 없을 것이다. 방조제 완공 직후부터 수시로 발생하는 적조 현상 때문에 물빛이 온통 검붉게 변했고, 해안에는 누런 거품이 띠를 이루며 밀려다닌다. 내륙으로부터 강물에 실려 온 오염물질 때문이다.

"얼마 전부터 우리 마을 앞 바다가, 블랙커피 있죠? 완전히 그 색깔이여, 바닷물이! 물이 못 빠져나가고 막혀서 고여 있으니 당연히 썩는 거지.

근데 우린 바다가 생계의 터전이여. 여러분들이 여기 와서 조개도 먹고 숭어도 사 먹고 그래야 되는데, 빨건 바닷물을 보고 누가 그런 걸 사 먹겠어? 여기 횟집이고 뭐고 마을 사람들이 전부 다 가난해지는 거여. 그래서 내가 도청으로 전화를 했어요. 김제시청 환경 담당자들이 부랴부랴 차를 타고 나왔는데, 바다를 보자마자 '아니, 바닷물이 대체 왜 이런 겁니까?' 하더라구. 자기들도 깜짝 놀란 거야."

— 어민 인터뷰 중에서

2010년에 개정된 '새만금 특별법'에 따르면 간척의 애초 목적이었던 농지는 줄어들고 도시 및 관광 용지가 크게 늘어난다. 관광지

새만금을 수시로 덮치는 적조현상은 그릇된 개발에 대한 자연의 부메랑이다. ⓒ주용기

친수 활동(수상 레저 등)을 위해 수질을 농업용수인 4급수에서 3급수로 끌어올릴 계획이란다. 블랙커피 같은 지금의 물을 깨끗한 물로 바꾸는 데 필요한 돈은 무려 3조 3천억 원이다.

방조제가 생기기 전에도 내륙에서 흘러오는 오염 물질은 지금과 마찬가지였을 것이다. 그런데도 별 탈이 없었던 건 드넓은 갯벌이 모든 걸 알아서 처리해 준 덕분이고, 바로 그게 갯벌을 '해양 생태계의 콩팥' 이라고 부르는 이유다.

"전주 김제 익산의 가정집이며 축산 단지에서 나오는 것들, 모든 생활하수 똥물이 만경강으로 싹 내려옵니다. 바다를 막기 전엔 아무리 더러운 물이 콸콸 내려와도 바닷물이 한번 들어왔다가 쫙 빠져 버리면 청소가 돼 버려. 냄새도 안 나고 저절로 해결되는 거야.
오히려 그런 물들이 갯벌에 스미면서 영양분이 되기 때문에 조개들이 더 잘 커. 고기들도 더 많아지고. 우린 더 좋다 이 말이여.
지금 폐수 정화장치니 뭐니 만든다고들 하는데, 짓는 데만 수백억이 들어가요. 그뿐인가? 직원들 월급에 전기세에 돈이 얼마나 많이 듭니까? 그런 거 수십 개 건설하는 것보다 바닷물 드나들게 하는 게 훨씬 낫다니까. 저 위에 서울 절반 크기의 대도시가 있어도 밀물 썰물 하루 두 번이면 싹 정화가 돼. 근데 그걸 막아 버렸어.
이제 어떡혀? 전주 익산 군산 김제 다 이리 내려오는데 그 물들 다 어떡혀. 그 똥물, 그 썩은 물……. 그 더러운 물들 다 어떻게 할 거냐 이 말이여."

— 어민 인터뷰 중에서

결국 지금까지 갯벌이 공짜로 3조 3천억 원어치의 일을 맡아서 해주었는데, 그걸 다 망가뜨리고 대신 귀한 세금을 펑펑 쏟아붓겠다는 얘기다.

아니, 실제 가치는 그보다 훨씬 컸을 것이다. "새만금 갯벌 6천만 평은 하루 10만 톤 처리 규모의 전주 하수종말처리장 40개와 맞먹는 정화 능력을 갖고 있다"(한국해양수산개발원 이홍동 박사)고 했으니까. 게다가 갯벌은 유지비가 드는 게 아니라 거꾸로 어민들의 생계까지 보장해 주었으니까.

| 그 어떤 명품 도시가 갯벌의 무한한 생명력을 대신할 수 있을까? 사진은 새만금 돈지갯벌 ©허철희

'명품 도시' 라느니 '경제 중심 도시' 라느니 잘들 갖다 붙이지만, 나에게 새만금은 아직도 갯벌이다. 오직 그것만이 새만금에 붙일 수 있는 유일한 단어다.

갯벌은 깔끔하거나 화려한 곳은 아니다. 진흙투성이고, 적막하고, 그곳에 깃든 생명들을 빼면 정말 아무것도 없는 곳이다.

그래도 나는 그런 갯벌이 좋다. 그곳에 가면 나도 갯벌도 함께 살아 있음을 온몸으로 느낄 수 있다. 그 생명의 땅에 차가운 콘크리트 도시가 들어서는 건 생각만으로도 끔찍하다.

부디 바라건대, 새만금이 영원히 갯벌이면 좋겠다.

명품 도시보다 훨씬 아름다운 일품 갯벌로 오래오래 남아 주면 좋겠다.

거북이 섬 이야기

만경강에서 동진강 쪽으로 내려갈 때는 문포에서 달콤한 낮잠을 즐긴 다음에 또 먼 길을 걸어야 한다. 그런데 그 긴 둑방길 끝에는 아주 신기한 게 하나 있다. 처음엔 너무 멀어서 희미하지만 다가가면 갈수록 차츰 또렷하게 드러나는 모습! 어마어마하게 큰 거북이가 바로 그것이다.

이 거북이의 이름은 계화도. 동진강과 서해가 만나는 곳에 불룩 튀어나와 있는 곳이다. 푸른 숲을 등에 짊어진 채 고개를 반쯤 내밀고 바다 위에 유유히 떠 있는 계화도를 보면 그렇게 반가울 수가 없다.

이름으로 봐선 분명히 섬인데 걸어 들어갔다고 하면 좀 의아하겠지만, 여기엔 사연이 있다. 간척이란 올무에 발이 묶인 거북이 섬의 슬픈 사연이.

계화도 간척은 1960년대에 실시되었다. 계화도를 중심으로 동쪽의 문포리까지 9.3km(제2방조제), 그리고 남쪽으로 돈지 마을까지 3.5km(제1방조제)를 합쳐 총 12.8km의 방조제가 생겨난 것이다.

이로 인해 계화도의 한쪽 갯벌이 사라지면서 거북이 섬은 더 이상 섬이 아닌 육지의 일부로 바뀌었다. 간척으로 생겨난 농지에서 재배한 쌀을 '계화미'라고 부른다.

| 동진강 하구를 따라 길게 이어진 둑방길. 이 길 끝에 계화도가 있다.

하지만 나머지 삼면은 여전히 갯벌이었고, 많은 사람들이 예전처럼 바다와 갯벌에 기대어 살았다. 거북이 섬을 감싸고 있던 그 너른 갯벌이 바로 내게 꿈결 같은 기억을 남겨 준 살금갯벌이다.

문포에서 계화도로 갈 때 걷는 둑방길, 즉 제2방조제는 새만금 방조제와는 비교가 안 될 정도로 소박하다. 3층 건물 높이에 축구장보다도 넓은 새만금 방조제와 달리, 옛 방조제는 그게 방조제라는 걸 알아차리기도 힘들다. 농구공 크기의 돌들을 잔뜩 쌓아 놓은 걸 보면 중장비 없이 오직 사람의 힘만으로 지은 것 같다.

계화도 간척은 '농지 조성과 식량 증산'이라는 목적이 뚜렷해서 많은 사람들이 수긍했었다고 한다. 지금처럼 간척지의 용도가 갈팡질팡 바뀌는 일도 없었고, 새만금 간척의 1/10 규모인 3천900여 헥타르의 간척지를 오직 농지로만 사용했다는 것이다.

그렇더라도 피해가 없었을 리는 없다. 계화도 남쪽 돈지 마을이 대표적인 사례다. 그곳은 간척 전까지만 해도 수심이 깊어서 큰 포구가 발달했고 부자들도 많았다고 한다. '돼지도 세종대왕(만 원짜리 지폐)을 물고 다녀서 돈지 마을'이라는 우스갯소리가 있었을 정도로.

그런데 계화 방조제가 막히면서 밀려온 흙이 퇴적되어 수심이 점점 얕아지기 시작했다. 결국 배들이 다른 포구를 찾아 떠나면서 돈지 마을의 전성기는 끝나 버리고 만다. 계화도와 문포 사이에 있던 조포 역시 똑같은 이유로 포구가 사라져 버렸다.

제한적인 간척에도 이런 피해가 뒤따랐는데 대규모일 땐 오죽할까! 명분도 없이 규모만 무지막지한 새만금 간척은 피해 역시 초대형일 텐데, 참 암담하다.

사실 새만금은 간척의 역사가 굉장히 깊은 곳이다. 주변 지형이 한눈에 보이는 망해사(김제시 진봉면 심포리)에 올라가서 해변을 훑어보면 올록볼록 튀어나온 작은 산들이 굉장히 많다. 전부 다 예전에 섬이었던 곳들이다.

반대로 망해사에서 육지 쪽을 보면 죄다 평평한 논밭이다. 특히 김제시 광활면은 이름 그대로 광활한 평야가 펼쳐져 있는데, 대한민국에서 유일하게 지평선을 볼 수 있을 정도로 넓다. 흔히 '호남평야' 또는 '만경평야'라고 부르는 농경지는 대부분 일제시대 때 간척해서 만든 땅이라고 한다.

지도를 펼쳤을 때 해안선이 구불구불하지 않고 일직선으로 그어진 곳은 다 제방을 쌓아서 만든 간척 지역이다. 새만금 일대엔 이런 곳들이 굉장히 많고, 그 역사도 엄청 오래전으로 거슬러 올라간다.

"김제에 있는 벽골제 아시죠? 우리나라에서 가장 오래된 저수지라고 하는데 사실 벽골제는 저수지가 아닙니다. 간척지입니다. 그러니까 삼한시대부터 이미 간척을 해왔던 거죠. 이 지역의 역사는 곧 간척의 역사입니다.

간척 자체에 대해서 우리가 무조건 거부감을 가질 필요는 없습니다. 필요하면 해야죠. 중요한 건 그 방식입니다.

옛날의 간척 개념은요, 간조 때 갯벌이 드러나지 않습니까? 그러면 딱 거기까지만 막아서 농사를 지었습니다. 그러다가 강물에 토사가 실려 와서 새로운 갯벌이 생기면 또 그만큼만 막았어요. 그러니까 전체적으로 생태계에 큰 압력을 주지 않으면서 조금씩 땅을 늘렸던 거죠. 지금처럼 무지막지한 방식이 아니었던 겁니다.

근데 지금 이건 뭐… 간척이 아니라 그냥 말도 안 되는 짓거리죠. 강 하구를 틀어막는다는 건 똥 싸는데 항문 틀어막는 거랑 똑같은 겁니다."

배귀재 박사님의 이런 설명을 듣기 전까지만 해도 간척은 무조건 나쁜 일인 줄 알았다. 하지만 생태계에 무리를 주지 않는 간척도 얼마든지 가능하다는 게 이젠 어느 정도 이해가 된다. 물론 새만금 간척은 빼고.

간척으로 인해 육지에 묶인 섬은 계화도뿐만이 아니다. 만경강 끝자락에 있는 내초도 역시 원래는 섬이었다. 거기에선 고기가 어찌나 많이 잡혔던지, 땅이 귀했던 60년대에 '간척 공사를 하고 나서

논을 주겠다' 는 제안을 섬사람들이 마다했을 정도라고 한다.

1991년 군장 산업 단지(전라북도 군산과 충청남도 장항에 이르는 산업 단지) 조성 때 육지와 연결되면서 섬으로서의 수명은 끝났지만, 내초도는 여전히 풍요로운 갯벌을 지닌 어촌이었다. 하지만 새만금 방조제는 그 모든 것들을 송두리째 무너뜨려 버렸다.

"10년 전 처음 여기에 왔을 때만 해도 내초도가 얼마나 아름다웠는지 모릅니다. 낮에는 은빛 물결이 출렁거렸고, 밤엔 금빛 물결이 멀리 계화도까지 번져 가곤 했지요.

맛조개 아세요? 대나무처럼 생긴……. 뻘에 나가면 구멍이 뽕뽕 나 있는데, 거기에 맛소금을 집어넣으면 맛조개가 톡 튀어나와요. 여기 어민들은 쇠꼬챙이를 넣어서 탁탁 끄집어내곤 했죠. 내초도 특산물은 바로 이 맛조개였습니다. 계화도는 백합(생합) 조개였고.

그런데 새만금 방조제가 바다를 막으면서 가장 먼저 내초도갯벌의 피해가 시작되었습니다. 썩은 토사가 쌓이면서 갯벌이 죽음의 땅으로 변했고, 주민들의 수입원이 완전히 사라져 버렸어요.

평생 바다와 갯벌에서 조개만 잡던 사람들이 기계를 만질 수 있겠습니까, 아니면 전문직으로 돈을 벌겠습니까? 결국 청소 아니면 단순노동 같은 가장 고된 직업으로 내몰렸고, 지금은 바다에 나가는 사람이 단 1명도 없어요.

이제 내초도의 젊은 사람들은 다 도시로 나가 버렸습니다. 먹고 살 게 없으니까. 그렇다고 도시에 가서 잘사느냐? 빈민촌에서 고생만 하다가 돌아온 사람도 있고, 장사하다가 망해서 빈털터리로 돌아온 분도 있어요.

남아 있는 노인들은 손주라도 있으면 덜 쓸쓸할 텐데 손주들도 없습니다. 여기 초등학교에 한때 학생이 200명까지 있었는데 지금은 달랑 9명뿐이에요."

— 내초도 온누리교회 임춘희 목사님. 2006년

내초도에서 10년 넘게 새만금 살리기 운동에 앞장서 오신 목사님은 "겉으로 보기엔 도로가 뚫리고 공원이 들어서면서 화려해졌지만, 새만금 갯벌이 죽어가면서 내초도 마을의 공동체가 붕괴되고 있다"며 안타까워하셨다.

섬은 섬일 때 가장 아름답고 갯벌은 갯벌일 때 제일 풍요롭다. 내초도와 계화도! 육지에 묶인 걸로도 모자라 이젠 갯벌마저 빼앗겨 버린 두 섬은 지금, 저만큼 멀어져 버린 바다를 그리워하며 마른 몸을 뒤척이고 있는 중이다.

간척으로 인해 작은 산이 되어 버린 계화도를 보면 왠지 바다 한가운데에 떠 있어야 더 어울릴 것 같다. 수호신처럼 늠름했던 새만금의 영물이었건만, 이제 바닷물은 영영 볼 수 없게 되었으니 안타까울 따름이다.

계화도 주민들은 그 동안 누구보다도 열심히 갯벌 살리기에 앞장서 왔다. 이곳이 새만금 살리기의 본거지가 된 건 거북이의 슬픔 때문이 아니었을까? 바다를 되찾고 싶은 거북이의 꿈이 어민들을 통해 오롯이 드러난 건 아니었을지.

고구마 밭이 되어 버린 백합 밭

2009년에도 어김없이 새만금에서 가장 넓은 거전갯벌을 가로질러 갔다. 1년 전과 다를 바 없이 바짝 말랐고, 육상식물과 해홍나물이 여기저기서 자라나고 있었다.

한숨을 꾹꾹 누르며 땅만 쳐다보면서 걷다가 고개를 들어 보니 땅이 볼록 솟아 있는 곳이 보였다. 그 위엔 하얀 비닐하우스도 여러 동 세워져 있었다. 선생님들께 여쭤 보니 시험 경작을 하는 거라고 하셨다.

가까이 가서 보니까 땅 전체를 높인 게 아니라 테두리만 방벽을 쌓아 놓은 것이었다. 경작지 대부분이 텅 빈 채 야생 육상식물들이 땜질을 해놓은 듯 듬성듬성 자라고 있었다. 굉장히 엉성한 경작이긴 했지만, 갯벌이 점점 육지로 바뀌어 간다는 게 한층 실감이 나면서 가슴이 자꾸 답답해졌다.

시험 경작은 2007년부터 시작했다고 한다. 경작지 둘레에 벽을 쌓아 빗물을 받고, 그걸로 소금기를 빼낸 다음 농작물을 심었다는 것이다. 고구마, 감자, 심지어 튤립 같은 화훼작물까지 심었단다. 그 넓고 기름지던 거전갯벌이 이렇게 변할 줄이야.

오봉리를 거쳐 갯벌을 빠져나와 쉼터에 들렀다. 시험 경작지에서 일하던 할머니 한 분이 자전거를 타고 오시는 게 보였다. 옛날 같았

| 메마른 갯벌에 홀로 남은 앙상한 칠면초가 새만금의 실상을 보여 주는 듯하다.

으면 그레(조개 잡는 도구)를 짊어지고 백합을 두 망태기쯤 꽉꽉 채워 나오셨을 텐데, 이젠 힘들게 일하고도 빈손으로 나와야 하니 마음이 몹시 허전하실 것 같았다.

갯벌을 자전거로 드나들 거라고 언제 상상인들 해보셨을까? 갯벌 위에서 자전거를 타다 보면 왠지 메말라 가는 새만금에 적응해 가는 듯해서 언짢으실 것 같기도 했다.

새만금 개발 초창기엔 간척지를 농지로 쓴다고 했다. 그러다가 특별법이라는 걸 만들고 개정까지 해가면서 공업 단지, 도시, 관광지 등으로 용도를 바꾸었는데 참 어이가 없다. 그토록 열을 내서 농지의 필요성을 강조하며 반대파들을 몰아붙이더니, 이제 와서 여우처럼 말을 싹 바꿔 버린 것이다.

간척으로 식량 자원을 확보한다는 주장은 사실 처음부터 설득력이 없었다. 쌀 소비량이 줄면서 쌀이 남아돌고 휴경지가 늘어나는 상황인데, 그 거대한 간척지를 농지로 쓴다는 말을 누가 곧이들었을까?

그리고 수산물은 뭐 식량도 아닌가? 옛날부터 새만금에서 나오는 생선, 조개, 게 등은 정말로 어마어마한 양이었다는데 말이다. 환경운동가 한 분도 비슷한 말씀을 하셨다.

"간척을 할 때 농림부나 농촌공사에서 내세우는 게 식량 증산인데, 식량이란 개념이 꼭 쌀만은 아니잖습니까? 생선 먹고, 조개 먹고, 꽃게도 먹고 하는 거죠. 모두 다 훌륭한 고단백 식품들인데……. 참 엉뚱한 논리가 아닐 수 없습니다.

실제로는 증산이 아니고 감산입니다. 새만금 지역은 원래 농토와 바다 모두 부족함이 없는 곳이었는데 이젠 부족함이 생겨 버렸죠. 아무리 퍼내도 끝이 없던 갯벌이라는 보물창고가 사라졌으니."

정말 그랬다. 새만금 방조제가 들어서면서 이 지역의 균형이 모두 깨져 버리고 말았다. 이곳 사람들은 어부 겸 농부로 살았는데, 이제 바다가 막혔으니 어구들은 죄다 창고 속에 파묻어야만 하는 것이다.

그렇다면 농지는 과연 갯벌보다 가치가 높을까? 새만금 주민들의 말씀에 의하면 전혀 그렇지 않은 것 같다. '갯벌의 경제적 가치는 농지의 3~20배'라는 교과서 내용을 굳이 끄집어내지 않더라도 말이다.

우선 갯벌은 누구나 다 받아 준다. 자기 땅이나 기계가 없어도,

나이가 육십 칠십이 되어도 몸만 건강하면 맨손 어업으로 돈을 벌 수 있다.

또 갯벌은 사람이 돌봐주지 않아도 스스로 갯생명들을 먹여 살리고 제 몸도 유지한다. 농약이나 비료 따위는 전혀 필요 없다. 그날 캔 조개나 생선들을 그날 바로 팔아서 소득을 올리는 것도 가능하다. 또한 남의 눈치 볼 일 없이 밀물과 썰물에 맞춰서 하루 대여섯 시간만 일하면 되니까 스트레스가 쌓이지 않고 마음이 편하다.

갯벌이 발달한 강 하구는 수산물 또한 풍부하다. 그러고 보니 언젠가 한 선생님께 들었던 전설적인 얘기가 생각난다.

"몇 년 전에 저 뒷마을에서 70대 노인 한 분을 만났어요. 1971년에 150만 원이면 지금 얼마나 되겠느냐고 하시기에 3천만 원쯤 되지 않겠느냐고 했죠. 그랬더니 그분 말씀이, 당시 150만 원이면 서울에서 기와집을 한 채 샀다는 거예요. 그런데 그 시절에 자기가 동진강 하구에서 실뱀장어를 하루 150만 원어치 잡은 적이 있었다네요. 실뱀장어들은 전부 일본으로 수출했는데, 저울에 달 때 눈금 하나에 몇 만 원이 왔다갔다 하잖아요? 그래서 저울 잘 보는 사람을 일당 5만 원에 데리고 다녔대요. 당시 공무원들 초봉이 한 달에 5만 원이었답니다."

새만금이 엄청난 어족 자원을 품고 있다는 얘긴 수없이 들었지만 설마하니 그 정도일 줄은 몰랐다. 당시 서울에 기와집이라면, 지금으로 치면 강남의 아파트 한 채는 너끈히 되지 않을까?

갯벌이 주던 선물은 그 자리에 들어설 농지나 도시와는 비교할

| 꼬챙이로 가리맛조개를 캐는 아낙. 갯사람들에게 갯벌은 마르지 않는 화수분이었다. ⓒ허철희

수 없을 만큼 가치가 있었다. 화수분처럼 끝없이 백합이 나와서 백합 밭이라 불리던 새만금! 그 한복판의 거전갯벌에 고구마를 심으면서 어민들은 무슨 생각을 했을까?

모든 게 저절로 생겨나고 저절로 자라던 갯벌을 농약과 비료가 필요한 곳으로, 심지어는 물까지 대 줘야 하는 곳으로 바꿔 놓고 '식량 증산' 된다고 떠드는 분들에게 딱 한 가지만 부탁하고 싶다. 부디 평생 고구마만 먹으면서 살아가시길.

바다는 막고 산은 허물고

바닷길 걷기의 종점인 해창에 도착하면 늘 가슴이 벅차오른다. 길고 치열했던 새만금 지키기 운동의 성지(聖地)! 갯벌 위에 늠름하게 서 있는 장승들은 우리에게 더없이 뿌듯한 완주의 성취감을 선사한다. 그들과 함께라면 새만금을 그 어떤 파괴로부터도 넉넉히 지켜 낼 수 있을 것만 같았다.

하지만 그들은 묵묵히 바라볼 수밖에 없었다. 푸르던 해창산이 포클레인의 날카로운 이빨에 산산조각 나는 모습을. 악귀들을 쫓고 마을을 지킨다는 장승도 인간의 탐욕 앞에선 그저 무력한 나무인형일 뿐이었다.

해창산은 원래 주위의 다른 산들과 비슷한 크기였다. 그런데 언젠가부터 쥐가 비누를 갉아먹듯 중장비가 산을 야금야금 깎아 내기 시작했고, 그 돌을 가져다 방조제를 쌓았다. 앞쪽에서 바라보면 멀쩡해 보이지만 뒤에서 보면 산이 거의 사라지다시피 했을 정도로 훼손이 심했다고 한다.

2002년엔 더 심하게 산을 허물었는데, '산이 보기 흉하니 잘 다듬어서 복원해야 한다'는 황당한 명분을 내세웠단다. 그렇게 깎아 낸 돌들은 당연히 방조제 공사 현장으로 실려 갔다.

결국 어민들이 배와 그물을 내동댕이치고 모여들어 해창산 지키기 농성을 시작했다. 새만금 다큐멘터리 〈살기 위하여〉를 만드신 이강길 감독님이 당시 서울로 올라가서 여러 사람들에게 도움을 요청했었다고 한다.

그런데 2002년 하면 누구나 맨 먼저 떠올리는 게 있다. 서울광장이 온통 붉은 악마들로 새빨갛게 물들었던 한일월드컵이다.

감독님이 뭔가 하려고 하면 한국이 이 나라랑 시합하는 날이라서 안 되고, 또 뭔가 하려고 하면 저 나라랑 시합하는 날이라서 안 되고, 그렇게 온 국민의 관심이 축구에 쏠려 있어서 새만금에 관심을 갖는 사람은 아무도 없었다고 한다. 만약 그때 광장에 모인 사람들의 10분의 1만이라도 새만금에 관심을 가져 줬더라면 해창산을 살릴 수도 있었을 거라고 감독님은 말씀하신다.

그때 난 초등학교 3학년이었고 새만금이 뭔지도 모를 때였다. 바다는 막혀 가고 산은 허물어지고 어민들은 죽을힘을 다해 투쟁하고 있는데 한국이 골을 넣을 때마다 마냥 좋아하기만 했었다니……. 그렇게 아무도 눈치 채지 못하는 사이에 사라져 간 소중한 것들이 어디 새만금뿐이었을까.

어민들에게 새만금에서 가장 치열했던 때가 언제였냐고 물어보면 다들 말이라도 맞춘 것처럼 "해창산 싸움"이라고 하신다. 2007년에 부안 위생처리장 옆에서 잠깐 숨을 돌리고 있을 때 얼음 띄운 시원한 미숫가루를 큰 냄비에 가득 갖다 주셨던 고은식 아저씨도 똑같은 말씀을 하셨다.

고은식 아저씨는 새만금이 막히기 전까지 맨손 어업을 하시던 어민이었다. 또 방조제 공사를 할 때는 새만금 지키기에 누구보다도 열심히 앞장섰던 분이다. 미숫가루를 허겁지겁 들이켜는 우리의 그릇에 버드나무 잎을 띄워 주는 대신, 아저씨는 담담하게 해창산 영웅들의 얘기를 해주셨다.

해창산 지키기에 나선 어민들(2002년) ⓒ허철희

"해창산 싸움에 우리가 걸었던 명분은 '두 번 죽이는 사업 결사반대'였어요. 산을 죽이고, 그 죽은 산을 이용해서 갯벌까지 죽이고……. 그런 꼴을 보면서 우리가 가만히 있으면 절대 안 되겠다고 생각한 거죠.

사실 그 전에 2년간 중단되었던 새만금 공사가 2001년 5월에 재개되면서, 새만금 지키기 운동이 싹 무너져 버렸어요. '이젠 끝났다'는 패배감 때문에……. 계화도에서도 청년들이 이끌던 활동이 힘을 잃었고, 이젠 공사 중단 얘긴 그만하고 뭘 요구해서 받아낼 건지 생각하자는 분위기가 강했죠.

그런데 바로 그때 맨손 어업을 하던 여성들이 근본적인 문제를 들고 나왔어요. 아니다! 방조제를 터야 한다……. 그러면서 적극적으로 나선 게 바로 해창산 싸움이에요. 그래서 그 싸움은 거의 여자들이 주도했어요."

해창산 농성은 이렇듯 새만금 반대운동의 중심이 여성들에게로 옮아 가는 중요한 계기가 되었다. 당시 갯벌에서 백합 캐던 차림 그대로 해창산으로 달려갔던 인아네 할머니는 이렇게 말씀하신다.

"처음 올라간 게 2002년 5월 4일이었는데, 겁나게 치열했어. 다리 하나에 두 명씩 달라붙어서 질질 끌어내면 다시 가서 드러눕고, 또 끌어내면 또 가서 뒹굴고 엎어지고, 포클레인 위에 올라가기도 하고 그 앞에 벌렁 눕기도 하고……. 하여튼 공사 못하게 하려고 별별 짓을 다 했지. 그때 손해배상 나온 게 100억이 넘어요. 우리가 한 달 동안 공사장을 점거했었으니까.

하지만 더 길게는 못하겠더라고. 거기에 계속 매달려 있을 수가 없잖아, 우린. 먹고 살아야 하니까. 그래서 애석하지만 한 달 만에 끝냈는데, 나중에 열 몇 명이 법원까지 갔어요. 근데 판사가 우리한테 죄가 없다고 하더라구."

이런 얘길 들으니까 해창산 싸움이 정말로 내 눈앞에서 벌어지는 것 같았다. 새만금을 지키기 위해 몸부림쳤던 어민들의 처절함과 열정이 생생하게 느껴졌다.

지금 해창산을 보면 산인지 언덕인지 구분할 수가 없다. 가로수처럼 막대기를 대서 세워 놓은 나무들만 군데군데 서 있는 게 참 엉성해 보인다. 동네 공원만도 못한 저런 풍경을 만드느라고 그 우람하던 산을 도려내 버리다니! 그것도 국립공원을!

어차피 속셈이 빤한 일이라면 괜히 복원이니 뭐니 둘러대지 말고 좀 솔직하기라도 하면 좋겠다. 영화 속 악당들처럼 말이다. 그들은 최소한 자기가 무슨 짓을 하려는 건지는 분명하게 드러내고 악행을 하지 않던가.

새만금 방조제에 희생당한 산은 한둘이 아니다. 간척사업 초반에는 해창산에 이어 신시도와 비응도에 있는 신시산과 비응산을 깨부수었다. 그 작은 섬들의 작은 산까지 빼앗다니, 코흘리개들 과자를 빼앗는 어른과 뭐가 다르단 말인가?

심지어 역사적으로 아주 중요한 산들까지 건드렸다. 근초고왕이 마한을 정복한 뒤 왜국 장수와 약속을 맺은 곳으로 추정되는 유서 깊은 천태산(정읍), 소산리 산성을 비롯한 백제 시대의 유물들이 널려 있는 배메산(부안)도 겁 없이 망가뜨린 것이다.

영국의 시인 바이런은 "미래에 대한 최고의 예언자는 과거"라고 말했다. 미래를 지혜롭게 꾸려 나가려면 우선 과거를 겸허하게 돌아보아야 한다는 얘기다. 우리의 소중한 역사가 깃든 산들을 마구 짓이긴 사람들이 과연 "대한민국의 미래, 새만금이 열어 가겠습니다"라고 말할 자격이 있을까?

이미 많은 산들이 희생되었지만 더 큰 문제는 지금부터다. 앞에서도 말했듯 새만금 내부 공사를 하려면 남산 크기의 산 130개를 도려내야 하기 때문이다. 새만금에서 가까운 산일수록 위험도 그만큼 커질 것이다.

우리가 제일 걱정했던 건 계화산과 돈지 마을 근처의 산들이었다. 계화산은 문포에서 긴 둑방길을 걸어 거북이 섬으로 들어갈 때 보이는 커다란 산이다. 그 산이 점점 가까워지면 이제 거의 다 왔다는 생각이 들면서 지친 다리에 다시 힘이 붙곤 했었다. 만약 계화산마저

| 해창산의 수난을 코앞에서 지켜본 장승들

도려내 버린다면 둑방길을 걷는 내내 힘이 쭉쭉 빠지고 절망감에 휩싸일 것만 같다.

그런데 그렇게 우려했던 일이 결국 벌어지고야 말았다. 2010년에 메마른 살금갯벌을 가로지르면서, 저 멀리 돈지 석산이 부서지고 있는 안타까운 모습을 볼 수 있었다. 바다는 막고 갯벌은 메우고 산은 깎아 내고 있으니, 새만금의 경관이 정말 가관이 될 모양이다.

예로부터 그 지역의 풍수지리는 산과 물에 의해 결정된다고 했다. 아름답던 산과 바다를 깡그리 축내어 놓고 새만금이 과연 살기 좋은 지역으로 번창할 수 있을까? 해창산의 비극을 부릅뜬 눈으로 바라보던 장승들의 노여움이 언젠가 벼락처럼 터져 나올 텐데.

사람은 자연을 이길 수 없다

만경강변을 온종일 걸어 진봉에 힘겹게 다다르면 놀라운 이벤트가 기다리고 있다. 진봉에는 커다란 수문이 있는데, 나선형 계단을 타고 위로 올라가면 화포 염습지의 멋들어진 경치가 한눈에 내려다보이는 전망대가 나온다.

방조제가 막히기 전, 그리고 막힌 뒤에도 한동안 이곳은 새빨간 칠면초에 뒤덮여 눈부실 정도로 화려했었다. 하지만 지금은 파란 갈대밭이 그 자리를 대신하고 있다. 바람에 흔들리는 그 나른한 풍경을 보고 있으면 사라져 버린 칠면초들이 그리워 저절로 한숨이 나오곤 한다.

2009년에도 어김없이 진봉의 수문 위로 올라갔었는데, 선생님 한 분이 수문에서부터 갈대밭 저 멀리까지 경계선처럼 땅이 불룩 솟아 있는 곳을 가리키셨다. 그러고는 "자, 저게 뭔지 아는 사람?" 하고 질문을 던지셨다.

다들 갸웃거리며 생각에 잠겼지만 오리무중이었다. 평평한 갈대밭에 솟아 있으니 눈에 거슬리기도 했고, 거대한 지렁이가 땅속에서 기어 다니는 것 같기도 했다.

알고 보니 그건 실패로 끝난 간척의 흔적이었다. 그 솟아오른 부분은 원래 간척을 하기 위해 쌓은 둑이었다는 것이다. 그런데 그게 실패로 돌아갔고, 방치된 둑을 염습지가 서서히 집어삼킨 것이었다.

둑은 갈대밭으로 거의 다 뒤덮였고 군데군데 허물어져 있었다. 그래도 완전히 무너지진 않아서 그렇게 볼록한 흔적을 남기고 있었던 것이다. 역시 자연의 작품 속에 끼어든 인공적 구조물은 어디서든 어색함을 떨쳐낼 수가 없다.

진봉을 간척하려던 계획은 물거품으로 돌아갔지만, 덕분에 화포 염습지의 경관이 지켜져서 얼마나 다행인지 모른다. 비록 이젠 그 둑보다 훨씬 더 큰 방조제가 새만금 전체를 집어삼켜 버렸지만.

생각해 보니 마치 수학시간에 집합 공부를 하는 것 같다. 인간이 만든 진봉의 옛 둑은 새만금이라는 자연의 부분집합이 되었다. 그리고 새만금은 다시 인간이 만든 간척지의 부분집합이 되어 버린 것이다.

하지만 절대 잊지 말아야 할 진리가 하나 있다. 그건 바로 '전체집합은 언제나 자연'이라는 사실이다.

그러니까, 간척으로 새만금 갯벌을 메웠다고 해서 인간이 자연을 마음대로 다스릴 수 있다고 생각한다면 엄청난 착각이다. 인간 앞엔 언제나 자연이라는 더 크고 근본적인 개념, 즉 전체집합이 존재하고 있으니까. 전체를 훼손하려는 부분집합의 횡포를 자연은 결코 용서하지 않을 것이다.

화포 염습지의 화려했던 풍경. 지금은 칠면초 대신 갈대들이 빽빽하게 들어서 있다.

지금 우리나라는 새만금 방조제를 지어 놓고 여기저기 자랑하느라 정신이 없지만, 외국에서 이 광경을 보면 고개를 절레절레 흔들 것 같다. 눈을 씻고 찾아봐도 도무지 자랑할 만한 구석이 없기 때문이다.

현재 갯벌이 있는 나라들은 그걸 보존하기 위해 안간힘을 쓰고 있다. 옛날에 간척을 많이 하던 나라들도 지금은 대부분 역간척을 실시하며 방조제를 하나둘씩 허물고 있는 중이다.

대표적인 예가 북해 이젤 만과 마르크 만을 막은 네덜란드의 주다치 방조제(일명 '대제방')다. 그들도 한때는 우리처럼 농토 확장을 위해 당시 세계 최장인 32.5km의 방조제를 지었다. 그리고 역시 우리처럼 자연을 이겼다고 좋아하면서 자랑스럽게 여겼다.

그러나 치밀한 환경영향평가를 거친 뒤 그들은 비로소 깨달았다. 예전의 갯벌이 새로 만든 농지보다 훨씬 더 가치가 있다는 것을. 결국 네덜란드 정부는 그토록 힘들여 진행했던 간척을 포기하고 대규모 역간척을 시작하게 된다.

핵심은 습지 만들기였다. 방조제를 허물지 않는 대신, 흘러 내려오는 강물을 간척지 곳곳에 들어차게 해서 자연스럽게 습지로 변화시킨 것이다. 동시에 마르크 만 전체 면적의 50%를 국립공원으로 지정하고 개발을 금지했다고 한다.

네덜란드는 땅이 해수면보다 낮기 때문에 그 어떤 나라보다도 국토 확대가 절실하다. 그런 나라도 간척을 취소하는 마당에, 우리나라는 갯벌을 마구잡이로 메우는 걸 대체 어디서 배웠는지 모르겠다.

네덜란드의 사례에서 인상적인 건, 환경영향평가의 결과를 철저히 존중했다는 점이다. 수많은 사람들이 끊임없이 환경 파괴의 문제점을 지적해도 막무가내로 개발을 강행하는 한국과는 너무나도 대조적이다.

네덜란드의 전문가들은 지식인으로서의 양심을 갖고 정직하게 있는 그대로를 보고했을 것이다. 이와 달리 우리나라 전문가들은 힘 있는 사람들의 구미에 맞는 보고서를 작성하는 경우가 많은 것 같다. 그렇지 않고서야 "새만금을 개발해도 환경에는 지장이 없다"는 말을 어떻게 입에 침도 안 바르고 해댈 수 있단 말인가.

이래서 시민들의 각성이 중요하다. 시민들의 의식 수준이 높아져야 엉터리 전문가들이 정신을 차릴 테니까 말이다. 자기들이 새만금 방조제의 경쟁상대로 삼았던 주다치 방조제가 생태 복원의 중심지로 탈바꿈했다는 걸 그들은 알기나 할까?

이웃 나라인 일본도 갯벌 복원에선 우리보다 한 발 앞서 나간다.

일본 서부지역에 있는 시마네 현의 히리 천은 중간에 '신지호' 와 '나까우미' 라는 두 개의 큰 호수를 이루고, 다시 하구가 좁아지면서 동해로 흘러든다. 호수 주변은 일본 최고의 기수역으로서 어업이 굉장히 번창했었다고 한다.

그러나 60년대에 공공 토목사업이 활성화되면서 이곳에도 간척 바람이 불어왔고, 없는 물고기가 없다던 나까우미와 신지호는 담수호로 변했다. 그리고 나까우미의 1/4은 매립되는 처지에 놓이고 말았다.

고인 물은 당연히 썩기 시작했다. 나까우미의 수질 오염은 갈수록 심해졌고, 일본 정부도 간척이 판단 착오였음을 뒤늦게나마 깨닫게 된다.

결국 나까우미 방조제는 다시 트였다. 트인 방조제는 한동안 다리로 사용되었는데, 큰 배들이 드나들 때마다 차량을 통제하랴 다리를 들어 올리랴 번거로움이 많아지자 아예 방조제 자체를 없애버렸다고 한다.

이 얘기를 처음 들었을 땐 많이 놀랐다. 한편으론 엄청 부럽기도 했다. 방조제를 없애버렸다니! 아아, 새만금 방조제도 시원하게 툭 터 버리면 얼마나 좋을까?

바닷물이 들어오자 호수를 떠났던 물고기들이 돌아오기 시작했고, 어부들도 내려놓았던 그물을 다시 집어 들었다. "그리하여 그들은 오래오래 행복하게 살았습니다"로 끝나는 옛날이야기들처럼 흐뭇한 해피엔딩이다.

일본의 간척과 관련하여 또 하나 빼놓을 수 없는 얘기가 있다. 흔히 '새만금의 모델'이라고 부르는 규슈 북부 아리아케 해의 이사하야 만 간척이다.

이사하야 만 간척은 1986년에 시작되었다. 애초의 목적이 식량증산이었다는 점, 도중에 그 목적이 무의미해졌지만 거액을 들여서 공사를 계속했다는 점, 그 과정에서 심각한 사회적 갈등이 있었다는 점 등이 새만금과 완전히 판박이다. 방조제 완공(1997년) 직후부터 적조 현상이 심해졌고 어획량이 엄청 줄었다는 것 역시 똑같다.

그래서 어떻게 됐을까? 결론부터 얘기하면, 이곳 역시 해피엔딩

흘러야 강물이다! 오르내려야 바닷물이다!

이 눈앞에 있다. 2010년 12월에 법원에서 방조제의 수문을 개방하라고, 그래서 갯벌에 바닷물을 유통시키라고 판결을 내린 것이다.

이 소식을 듣는 순간 여러 가지 감정들이 한꺼번에 밀려왔다. 지구에서 유독 한국만 청개구리 짓을 한다는 부끄러움, 새만금 어민들의 소망이기도 한 '해수 유통'을 이뤄 낸 데 대한 부러움, 그리고 우리도 해낼 수 있다는 희망 등등.

제일 강렬했던 건 당연히 희망이다. 갯벌 파괴의 상징이었던 이사하야 만에 바닷물이 밀려온다면 다음 순서는 틀림없이 새만금이 될 테니까 말이다.

나는 믿는다. 이사하야 만의 오늘은 곧 새만금의 내일이 될 거라고. 기왕 새만금의 모델이었으니 마무리까지도 닮은꼴이었으면 좋겠다.

네덜란드와 일본의 사례들은 우리에게 분명하게 가르쳐 준다. 자연이 인간에 속하는 게 아니라 인간이 자연에 속한다는 것! 인간은 자연을 거슬러서는 안 되며, 설령 거스른다 해도 절대 이길 수 없다는 것을.

이제 우리도 자연 앞에서 겸손함을 되찾을 때가 되었다. 설령 한

| "돌아갈 때가 되면 돌아가는 것이 진보다."(천규석) ⓒ허철희

반도의 모든 바다를 다 틀어막을 능력이 있다고 해도 그릇된 일이라면 하지 말아야 한다. 한때 더없이 자랑스러웠던 방조제라도 쓸모없다고 판단되면 걷어내야 한다.

환경운동가 천규석 선생님은 말씀하셨다. 무작정 앞으로 나아가는 것만이 진보는 아니라고. 때가 되면 되돌아갈 줄도 알아야 한다고.

바로 지금이 그때가 아닐까?

방조제 밖까지 밀려온 재앙

바닷길 걷기를 통해 새만금과 친해진 뒤부터는 꼭 방학 때가 아니더라도 그곳을 자주 찾아가곤 한다. 새만금 반대 운동에 누구보다도 열정적으로 참여해 오신 주용기 선생님을 따라 걷기 코스 이외의 지역들을 꼼꼼히 둘러보기도 했다.

덕분에 예전엔 보지 못했던 아름다운 풍경들도 많이 보았지만, 생각조차 못했던 충격적인 광경을 본 적도 많았다. 새만금 아래쪽, 그러니까 방조제로 막히지 않은 지역들까지도 방조제 때문에 엉망이 된 것이다. 특히 방조제 바로 밑 변산 해수욕장은 그야말로 쑥대밭으로 변해 버렸다.

2009년 여름. 상점들 앞엔 여느 해수욕장들과 마찬가지로 튜브들이 쌓여 있었고 횟집들도 줄줄이 늘어서 있었다. 메말라 버린 새만금과는 분위기가 너무 달라서 처음엔 좀 어색한 기분이 들기도 했다.

그런데 찬찬히 둘러보니 좀 이상한 느낌이 들었다. 해수욕장이라면 당연히 고운 백사장이 넓게 펼쳐져 있어야 하는데, 이곳 모래밭은 좀 울퉁불퉁하고 거무스름한 얼룩들도 곳곳에 보였다. 게다가 긴 물줄기가 모래밭을 가로지르고 있었다. 뭔가 단단히 잘못되어 가고 있는 게 분명했다.

"2006년부터 지형이 눈에 띄게 바뀌기 시작했어요. 앞바다의 조류가 방조제에 막히면서 흐름이 변해서, 가끔 엄청나게 큰 쓰나미 같은 파도가 이리로 밀려오거든요.

그래서 갑자기 배들이 항구 위로 밀려 올라가기도 하고, 저 아랫녘 영광에선 사람도 3명이나 죽었대요. 갑자기 바닷물이 쫙 밀려 나갔다가 다시 집채 같은 파도가 덮치니까, 한순간에 휩쓸려 버리는 거죠.

원래 바다에선 가끔 유난히 큰 파도가 올 때가 있어요. 방조제 막기 전엔 계화도 갯벌이 그 에너지를 감소시켜 줬는데, 이젠 파도가 방조제를 때리면서 반탄력으로 인해 이리로 고스란히 밀려오는 거죠. 원래의 큰 에너지 그대로요.

그래서 지금 같은 지형 변화가 생기는 거예요. 이 해안선이 원래 수만 년간 파도에 의해서 깎일 곳은 깎이고 쌓일 곳은 쌓이면서 형성된 건데 겨우 몇 년 만에……."

선생님과 친분이 있는 횟집 아저씨의 설명이다. 직접 걸어 보니 무슨 뜻인지 금방 이해가 됐다. 백사장 곳곳엔 뻘이 많이 섞여 있었고, 땅이 물결 모양처럼 구불구불했다. 예전에 갯벌을 걸을 때 흔히 보던 모습이었는데, 갯벌의 특징인 물결무늬가 해수욕장에서 보이니 왠지 어색하고 불결하게 느껴졌다.

곳곳에 드러난 파이프와 둥근 판들도 눈에 띄었다. 횟집으로 바닷물을 끌어오기 위해 파묻었던 시설들이란다. 당연히 모래 밑에 묻혀 있어야 정상인데, 모래가 너무 많이 쓸려 가는 바람에 죄다 땅 위로 노출되었다는 것이다.

지금 백사장의 시작 지점(횟집 부근)과 끝 지점(바다와 모래가 맞닿는 곳)의 고도 차이는 1m가 넘는다고 한다. 예전엔 평지에 가까울 정도로 경사가 완만했다는데, 대체 모래가 얼마나 많이 쓸려 갔기에 1m나 차이가 나게 된 걸까.

더 끔찍한 건 누런 거품들이 해수욕장으로 밀려왔다는 사실이다. 새만금 방조제가 막힌 뒤 방조제 안쪽 해안에 더러운 거품 띠가 엄청나게 생겨나는 걸 뉴스에서 본 적이 있다. 갯생명들과 적조생물들의 시체로부터 생겨난 죽음의 거품! 수문을 열자 그 역겨운 거품들이 끝도 없이 바다로 흘러 나갔는데, 그게 죄다 변산 해수욕장으로 밀려온 것이다.

농림부에선 그 거품들이 독성이 없다느니 금방 사라질 거라느니 하며 대충 덮으려 했단다. 하지만 일단 눈으로 보기에 너무나 더럽고 역겨운데 대체 누가 그 해수욕장을 찾는단 말인가? 사람들이 원하는 건 상쾌하고 시원한 바다 풍경이지, 거품 속의 물장구는 아닐 텐데 말이다.

방조제 완공 이후 변산의 생태계는 그야말로 뒤죽박죽이 되었다. 해수욕장 모래 위로 드러난 둥근 판에는 따개비들이 촘촘히 붙어 있었다. 조류가 바뀌면서 예전엔 없던 부착생물(어떤 물건이나 다른 생물체에 붙어서 사는 생물)들이 엄청 늘어났다는 것이다.

따개비가 많으면 긁혀서 크게 다칠 수도 있기 때문에 해수욕장에선 절대 환영받지 못하는 생물이다. 바닷길을 걷다가 따개비들이 붙어 있는 밧줄에 팔뚝을 살짝 스친 적이 있는데 상처가 장난이 아니었다. 해수욕장에서 "와, 바다다!" 하며 뛰어들다가 따개비에 온몸을 긁히기라도 하면? 정말 상상만으로도 끔찍하다.

변한 건 이것만이 아니다. 모래밭의 성분이 바뀌면서 그곳에 사는 생물들의 종류도 완전히 달라졌다.

"여기 바닷가는 원래 굉장히 부드러운 모래였는데 지금은 보다시피 뻘이 섞여 버렸어요. 그래서 예전에 있던 군인조개나 비단조개 같은 것들은 다 없어지고, 백합이나 동죽처럼 여기에 없던 것들이 생겨나고 있어요.

이대로 안정이 되면 그나마 괜찮을 텐데, 문제는 이게 일시적 현상일 가능성이 많다는 거죠. 지형이 빠르게 변하고 흙도 달라지니까 내년엔 또 어떻게 바뀔지 알 수가 없잖아요."

이렇게 거품이 밀려오고 백사장이 깎여 나가고 따개비들이 달라붙으니 변산 해수욕장의 사정은 완전히 엉망진창이다. 여름 내내 번 돈이 겨우 예년의 하루벌이 수준에 그친 분들도 있다고 한다. 서해안의 3대 해수욕장 중 하나라는 곳이 이렇게 망가졌는데 주민들이 가만히 있었을 리 없다.

"2006년에 방조제가 완공되면서부터 문제가 불거졌거든요. 그래서 그때부터 본격적으로 새만금 사업단과 싸우기 시작했는데, 아무도 도와주질 않았어요. 부안군이나 전라북도는 우리가 새만금 공사에 조금이라도 불만을 내비치면 무조건 덮으려고만 하더군요. 앞으로 엄청 좋아질 텐데 왜 자꾸 떠드느냐 이거예요.

근데 우리로서는, 새만금이 아무리 잘되더라도 변산 해수욕장이 없어지면 아무 의미가 없는 거 아닙니까? 지금처럼 엉망이 된다면

| 새만금 방조제 완공 이후 깎이고 쓸려나간 변산 해수욕장의 백사장

새만금의 비전이고 뭐고 다 헛소리일 뿐이죠."

횟집 아저씨의 말씀을 듣다가 문득 고개를 돌려 보니 아까는 보지 못했던 풍경 하나가 눈에 띄었다. 우람한 해송들이 플래카드를 몸에 두른 채 우뚝 서서 무언의 시위를 하는 모습이었다.

"새만금 사업에 의한 피해에 대해 조사하라!"

"의지도 능력도 없는 행정기관은 차라리 손을 떼라!"

아름다운 바다에 기대어 살다가 난데없이 봉변을 당한 사람들! 그들의 절실한 외침을 담은 플래카드가 변산의 바닷바람에 끊임없이 펄럭였다.

그들은 방조제의 마지막 물막이 공사가 진행될 때까지도 지금 같은 상황을 예측하지 못했다고 한다. 다들 '여기는 안 막히니까 괜찮겠지'라고 생각했다는 것이다. 그게 아니라는 걸 알았을 땐 이미 더러운 거품들이 재앙처럼 밀려들고 있었다.

나 역시 마찬가지다. 새만금 지역의 피해에 대해서는 그 동안 질릴 만큼 보고 듣고 느껴 왔지만, 방조제 바깥쪽까지 이렇게 큰 피해를 입고 있는 줄은 까맣게 몰랐다.

생각이 너무 한 곳으로만 치우치면 시야가 좁아지게 되고, 자칫 중요한 문제들을 놓치기 쉽다. 변산 해수욕장에서 본 풍경들은 지금껏 내 생각이 방조제 안에 갇혀 있었음을 분명하게 가르쳐 준 셈이다.

그리하여 또 한 가지 중요한 사실을 알게 되었다.

방조제 안팎이니 위아래니 하는 건 인간들의 금긋기일 뿐, 자연의 응징엔 그런 구분 따위는 없다는 것을.

3장 새만금에 깃든 생명들

ⓒ정진문

세상에서 가장 아름다운 춤

바닷길을 걷다 보면 햇볕이 너무 뜨거워서 힘들 때가 종종 있다. 그럴 때면 새만금 바닷길 걷기 응원단이 나타나서 멋진 춤을 춰 준다. 그걸 구경하다 보면 더위나 피로는 어느새 사라지고, 다시 목적지를 향해 힘찬 걸음을 시작할 수 있다.

응원단은 다름 아닌 도요새들이다. 규모는 수십 마리에서 수만 마리까지 다양한데, 큰 무리가 날아다닐 땐 마치 거대한 벌 떼처럼 보인다. 신기한 건, 그렇게 많은 새들이 한꺼번에 날면서도 절대 부딪히는 일 없이 질서정연하게 움직인다는 점이다.

도요새의 군무를 처음 보았을 땐 정말이지 할 말을 잃었다. 수백 마리가 갯벌 위로 날아올랐는데, 처음엔 검게 보였지만 방향을 휙 틀면서 배가 보이자 한순간에 새하얀 빛으로 바뀌었다. 그렇게 계속 허공에서 선회를 하며 반짝반짝 빛나는 모습이 마치 신비한 카드섹션을 보는 것 같았다.

도요새 군무가 이렇게 아름다울 수 있는 건 모두 한 몸처럼 하나의 호흡으로 날기 때문이다. 혼자 날아가는 도요새는 그리 멋있지도 않을뿐더러 오히려 쓸쓸해 보일 때도 있다.

내가 본 건 대개 몇 백 또는 몇 천 마리 정도였지만 도요새 군무의 진수는 몇 만 마리의 도요새들이 한꺼번에 날아오를 때다. 나는

| 도요새들의 대규모 군무. 이런 풍경을 잃어버린 우리와 중간 기착지를 잃어버린 도요새들 중 누가 더 슬플까? ⓒ정진문

동영상으로밖에 못 봤는데, 그것만으로도 온몸에 전율이 느껴질 정도였다. 그 굉장한 스케일의 군무는 지금은 폐허가 되어 버린 옥구염전에서 종종 볼 수 있었다고 한다.

'염전 이야기'에서도 잠깐 얘기했듯이, 옥구염전은 사리 만조 때 도요새들이 바닷물을 피해 날아오는 중요한 쉼터였다. 염전은 평평하고 시야가 탁 트여 있어서 녀석들이 안심하고 쉴 수가 있다. 그렇게 모여들 때나 나중에 물이 빠져서 다시 갯벌로 돌아갈 때마다 멋진 장관이 연출되곤 했던 것이다.

만조 때 갯벌 끄트머리에 빽빽하게 무리지어 있는 모습을 보면 '얘들도 참 지루하겠다'는 생각이 든다. 놀지도 않고 먹지도 못하고, 그냥 날갯죽지에 고개를 푹 처박고 물이 빠지기만 기다리니 말이다. 먹고 쉬고 싸기만 하는 새들의 삶에서 군무는 어쩌면 유일한 낙인지도 모른다. 자기들을 넉넉하게 품어 주는 고마운 갯벌을 나름의 예술로 표현하는 것 같기도 하다.

도요새들은 멋진 춤꾼들인 동시에 뛰어난 가수들이다. 우는 소리가 종마다 제각기 다른데, '퀴-위' 또는 '튜이' 같은 식으로 표현된 조류도감의 설명을 보면 "말도 안 돼"라는 얘기가 절로 나온다. 새들의 울음소리를 글로 정확히 표현하는 건 불가능하겠지만, 내 귀엔 '표로롱'이나 '삐료롱' 하는 맑고 귀여운 소리로 들린다.

나도 누구 못지않게 팝송이나 가요를 많이 듣지만 새만금에 왔을 때만큼은 늘 걷는 도중에도 귀를 열어 놓는다. 그 어떤 음악보다도 멋진 도요새 친구들의 노래를 듣기 위해서다. 그래서 "걸을 때 심심할 수도 있으니까 갖고 가야지" 하면서 매년 들고 간 MP3도 결국은 가방 구석에 이어폰 줄로 꽁꽁 묶어 넣어 두게 된다.

도요새는 참새나 까치 같은 특정한 종의 새 이름이 아니다. 도요과에 속하는 수십 종의 크고 작은 새들을 아우르는 호칭이다. 생김새와 습성이 물떼새들과 비슷하기 때문에 '도요-물떼새'로 한데 묶어서 부르기도 한다.

녀석들은 겨울에는 따뜻하게 살고 싶어서 호주와 뉴질랜드로 내려가고, 여름에는 시원하게 살고 싶어서 시베리아로 올라간다. 그렇게 1년에 두 번씩 머나먼 장거리 여행을 한다. 이동 거리가 워낙 길다 보니 중간에 에너지를 재충전할 장소가 반드시 필요하다.

그렇게 쉬어 가는 곳을 '중간 기착지'라고 하는데, 한반도의 서해안과 남해안이 그 역할을 한다. 그중에서도 새만금은 가장 넓고 먹이도 풍부한 쉼터였다. 우리나라에서 관찰되는 도요새가 45종인데 그중 30여 종이 새만금을 거쳐 간다.

도요새만큼 갯벌에서 살기 좋게 생긴 녀석들은 없다. 몸 색깔을 보면 등이 갈색이고 배는 흰색인데, 괜히 그런 게 아니다. 갈색 등은 갯벌 색과 비슷해서 하늘에 떠 있는 매 같은 천적들의 눈을 피하게 해준다. 또 흰 배는 하늘색과 비슷하기 때문에 갯벌 위 사냥감들의 눈을 속이는 데 제격이다. 게다가 녀석들의 긴 부리는 구멍 속에 있는 게와 갯지렁이들을 잡아먹기에 더할 나위 없이 유용하다.

몸빛이나 생김새의 이 같은 치밀함은 정말 생각할수록 놀라울 따름이다. 역시 자연은 아주 사소한 것이라도 다 분명한 이유가 있는 것 같다. 바꿔 말하면, 세상 모든 것들이 다 저마다의 존재 의미가 있기 때문이겠지.

새만금을 찾는 도요새 친구들 중에서 가장 흔한 건 붉은어깨도요다. 큰 무리는 수만 마리, 작은 무리라고 해도 5천~1만 마리 정도가 곳곳에 몰려다니는데, 여름철엔 이름 그대로 어깨에 붉은 문신을 하고 다닌다. 암컷들에게 잘 보여서 짝짓기에 성공하려는 수컷들의 번식 전략이다.

반대로 넓적부리도요처럼 귀한 손님들도 있다. 이 꼬마 손님은 지구에 300마리 정도밖에 없다고 하는데, 그중 일부가 매년 새만금

갯벌을 찾아온다. 하지만 좀도요 무리들 속에 섞여 있는 경우가 많기 때문에 직접 눈으로 확인하기가 굉장히 어렵다고 한다.

넓적부리도요는 먹이를 먹는 방법이 다른 도요새들과 전혀 다르다. 보통 도요새들은 긴 부리로 갯벌을 콕콕 찍으면서 게나 갯지렁이들을 잡아먹지만, 넓적부리도요는 넓적한 부리로 물을 휘휘 저으면서 먹이를 찾는다. 세계적 희귀조류인 저어새와 비슷한 방식이다. 나는 아직 한 번도 본 적이 없는 친구인데, 새만금에서 언젠가 꼭 한 번은 만나 보고 싶다.

마도요, 알락꼬리마도요, 중부리도요 3총사는 가장 전형적인 도요새의 모습을 하고 있다. 긴 부리가 아래쪽으로 살짝 휘어 있는데, 게가 보이면 잽싸게 달려가서 부리로 푹 찍어 버린다. 그러고는 물가로 가져가서 흔들어 씻은 다음에 먹는다. 새들이 저렇게 깔끔을 떨면서 식사를 할 줄이야.

게들이 부리나케 도망가면 놓치는 경우가 많을 것 같지만 실제로는 굉장히 잘 잡는다. 새들 사이에 '게 잡기 대회'가 있다면 아마도 이 3총사가 금, 은, 동메달을 휩쓸 것이다.

부리가 아래쪽으로 휜 3총사와는 반대로, 위쪽으로 휘어 올라간 녀석들도 있다. 이름만 들어도 재미있는 뒷부리도요와 큰뒷부리도요가 그 주인공들이다.

그중에서 뒷부리도요는 내가 정말 좋아하는 친구다. 녀석을 보면 늘 깜찍했던 첫인상이 떠오른다. 바람을 맞으면서 바위에 앉아 물이 빠지기를 기다리는 모습이 너무나 귀여웠던 것이다. 그때 선생님 한 분이 캠코더를 찍고 계셨는데, 카메라가 부담스러웠는지 작

| 뒷부리도요는 몸길이가 겨우 23cm지만 시베리아에서 호주까지 1만 km를 거뜬히 오간다. ⓒ정진문

은 날개로 물 위를 파드득 날아갔다.

나는 새들이 물 위를 날아다닐 때가 제일 부럽다. 내 꿈이 위그(수면 위 5m 이내에서 뜬 상태로 최고 시속 550km까지 달릴 수 있는 초고속선)를 타고 푸른 바다 위를 질주하는 것이기 때문이다. 하늘과 바다가 만나는 곳을 향해 끝없이 내달린다면 내 마음도 하늘만큼 바다만큼 푸르고 넓어질 것 같다.

도요새들을 관찰하려면 망원경이 필수다. 물끝선에서 먹이활동

| 필드스코프로 탐조 중인 아이들

을 하는 도요들의 특성상 가까이에서 관찰하기가 어렵기 때문이다.

녀석들 중엔 알락꼬리마도요처럼 몸길이(부리 끝~꼬리 끝)가 65cm인 대형 도요들도 있지만 대개는 20~30cm 안팎이고, 민물도요나 뒷부리도요처럼 작은 녀석들은 부리와 꼬리를 다 합쳐도 20cm 정도밖에 안 된다. 그러다 보니 아무리 성능 좋은 필드스코프(탐조용 대형 망원경)로 봐도 구별하기가 쉽지 않다. 특히 깃털 색깔이 바뀌는 시기엔 정말이지 누가 누군지를 모르겠다.

새를 많이 보신 선생님들이나 박사님들이 도요새를 구분하는 걸 보면 정말 도사가 따로 없다. 이분들은 슬쩍만 보고도 "얘는 붉은가슴도요, 재는 흑꼬리도요" 하는 식으로 한 치의 망설임도 없이 곧장 알아맞히신다. 역광이어서 색깔이 안 보일 때도 실루엣만 보고 척척 동정(생물의 종과 이름을 분류하는 일)을 해내곤 한다.

특히 카운팅을 할 때는 너무나 존경스럽다. "알꼬마(알락꼬리마도요) 1,570마리, 마도요 1,350마리, 개꿩 540마리" 하는 식으로 개체 수까지 빠르게 계산하는 걸 보면 마치 PC방에서 엄청난 게임 고수들을 보는 기분이다. 나도 빨리 그분들처럼 눈 밝은 고수가 되고픈 마음이 굴뚝같다.

하지만 현실 속의 나는 여전히 눈이 어둡다. 한참 동안 눈을 찡그리고 망원경을 쳐다봐도 동정이 안 될 때는 "에라, 모르겠다!" 하면서 고개를 홱 돌려 버리기도 한다. 그러면 깝작도요처럼 까불어 대는 녀석들은 나를 비웃으면서 신나게 꼬리를 깝작대겠지…….

이렇게 때로는 즐겁고 때로는 삐치기도 하며 걷는 동안 나도 모르게 도요새 친구들과 정이 많이 들었다. 새만금이 막힌다는 사실 앞에서 제일 슬펐던 것도 녀석들이 더 이상 새만금을 찾지 않으리라는 슬픈 예감 때문이었다.

불행히도 그 예감은 서서히 사실로 바뀌고 있다. 도요새들은 이제 예전처럼 새만금을 많이 찾지 않는다. 그 많던 도요새 친구들은 다 어디로 갔을까? 아름답던 군무를 과연 다시 볼 수 있을까?

도요 도요 도요새 도와달라 외치네

2009년에 하제 바닷가에서 알락꼬리마도요 한 마리를 발견했다. 열심히 먹이를 찾아다니는 모습이 재미있어서 한동안 유심히 관찰해 보았다. 긴 부리로 여기도 콕 찍어 보고 저기도 콕 찍어 보며 종종걸음으로 분주하게 갯벌 위를 돌아다니고 있었다.

그런데 평소와 달리 2~3분이 지나도록 한 마리도 못 잡고 있는 것이었다. 예전 같으면 1분도 안 걸릴 텐데 오늘따라 왜 저런 걸까?

이유는 이미 다들 알고 있었다. 게구멍들이 죄다 텅 비어 있는데 아무리 그 구멍들을 찍어 봤자 게가 나오지 않는 건 당연한 일이다. 그 정도 찾아봤으면 이제 여기엔 게가 없다는 걸 깨닫고 다른 곳으로 가야 할 텐데, 녀석은 도무지 갈 생각이 없는 것 같았다.

어딘가 먹이가 있을 거란 희망을 갖고 계속 갯벌을 뒤지는 도요새! 답답하고 안쓰러웠지만 한편으론 그 심정이 이해가 갔다. 얼마 전 수학시험을 치를 때 내 상황과 너무나 비슷했기 때문이다.

당시 문제가 술술 풀리고 있었는데, 갑자기 한 문제에서 딱 막혀 버리고 말았다. 꽤 어려운 문제여서 5분 가까이 끙끙대도 도무지 풀리질 않는 것이었다. 빨리 다음 문제로 넘어가야 한다고 생각하면서도 왠지 그 문제를 선뜻 포기할 수가 없었다.

시간은 이미 많이 지나갔고, 나는 당황해서 어쩔 줄 몰라 하면서도 그 문제를 놓지 못했다. 식은땀이 줄줄 흐르고 연필을 쥔 손마저 축축해져 옷에다가 계속 비벼 댔다. 15분이나 지난 뒤에야 그 문제를 완전히 포기하고 넘어갔지만, 결국 뒤에 남은 문제들 여러 개를 못 풀고 말았다.

하제에서 보았던 알락꼬리마도요도 마찬가지였을 것이다. 매년 찾아와도 늘 게들을 넉넉하게 내어 주던 갯벌이었는데 갑자기 게들이 싹 없어지니까 당황해서 어쩔 줄을 몰랐을 것이다. 그래서 선뜻 떠나질 못하고 하릴없이 갯벌 여기저기를 헤매고 있었으리라.

시험 볼 때 눈물이 날 것 같던 상황이 새삼스레 떠올라 가슴이 아팠지만 내가 해줄 수 있는 건 아무것도 없었다. 부디 꼭 게를 찾으라고 빌어 주며 무거운 발길을 돌려야 했다.

| 갯벌을 뒤지는 알락꼬리마도요. 몸길이 65cm로 도요들 중 제일 덩치가 크다.

한반도를 찾던 도요-물떼새들은 지금 심각한 비상사태에 놓여 있다. 새만금은 서해안 갯벌들 중 도요-물떼새들의 종류와 개체 수가 가장 많은 곳이었지만, 바다가 막히면서 그 수가 급속하게 줄어들고 있다. 전문가들의 조사(조류 센서스)에 따르면 방조제가 완공된 2006년에 19만 8천 마리였던 것이 2007년엔 8만 7천여 마리로 줄었고, 2008년엔 5만 6천여 마리밖에 보이지 않았다고 한다.

농림부는 새만금이 사라져도 도요-물떼새들이 근처의 곰소만갯벌, 금강하구 장항갯벌, 그리고 유부도갯벌로 옮겨 갈 것이라며 아무 문제가 없다고 주장했었다. 그런데 2007년에 곰소만과 금강하구 갯벌을 찾은 도요-물떼새들의 수를 세어 보니 2006년에 비해 각각 3천500마리와 3만 7천 마리밖에 늘어나지 않았다. 그 해에 새만금에서 사라진 도요-물떼새들은 무려 11만 마리였는데도.

결국 새만금에 있던 도요-물떼새들 중 근처의 갯벌들로 옮겨 간 건 극히 일부에 불과하다는 뜻이다. 나머지는 아마도 새만금에 내렸다가 먹을 게 없어 굶어죽었거나, 에너지를 채우지 못한 채 호주로 가던 도중 힘이 부쳐서 바다에 추락했을 걸로 추정된다.

실제로 2007년 가을 정기조사 때 마른 갯벌 위에 죽어 있는 도요-물떼새들이 곳곳에서 발견되었다. 2008년엔 '호주 뉴질랜드 도요-물떼새 연구단(AWSG)'에서 "새만금 물막이 이후 호주에서만 2만 3천 마리의 붉은어깨도요가 사라졌으며, 전 세계 개체 수의 20%가 감소했다"는 충격적인 조사 결과를 발표하기도 했다.

그리고 2011년 가을. 새만금을 찾은 도요-물떼새들은 결국 1만 마리 미만(9천여 마리)으로 까마득하게 줄어 버렸다.

| 마른 갯벌에서 숨을 거둔 넓적부리도요. 지구에 300여 마리뿐인 희귀종이다. ©주용기

결론적으로, 농림부는 완전히 틀렸다. 새만금 간척의 문제점에 대해서는 이미 입이 닳도록 얘기했으니 더 하고 싶진 않다. 하지만 죄 없는 도요새들이 죽어가는 걸 생각하면 자꾸 눈물이 난다.

이제 도요새들이 안전하고 편안하게 먹이를 먹고 쉴 수 있는 곳은 서해안에서는 찾아보기 힘들 것 같다. 다른 갯벌들 역시 예전보다 새들의 수가 많아졌기 때문에 먹이 경쟁도 훨씬 치열할 테고, 당연히 숫자도 점점 줄어들 것이다. 지금처럼 개발이라는 이름으로 갯벌들을 하나하나 파괴하다간, 한반도를 거쳐 가던 수많은 도요-물떼새들이 지구상에서 영영 사라져 버릴지도 모른다.

도요새들에게는 국경이 없다. 그런 만큼 녀석들은 다른 나라에서도 늘 관심과 보호의 대상이다. 정확히 말하면 '다른 나라에서도' 가 아니라 '다른 나라에서는' 이라고 해야 할 것 같다. 우리나라는 오히려 찾아오는 새들마저 내쫓고 있는 상황이니까 말이다.

실제로 호주나 러시아, 심지어 지구 반대편의 영국에서도 한국을 향한 비난이 쏟아지고 있다. 영국 신문엔 '수만 마리의 철새들이 한국에서 굶주림에 허덕이고 있다', '거대한 방조제가 새들을 굶어죽게 하다' 등등의 제목을 단 기사들이 잇달아 실렸다고 한다.

서식지가 철따라 바뀌는 철새들은 지구 공동의 재산이다. 지금 우리나라의 행위는 남의 집 개를 몽둥이로 두들겨 잡는 것과 마찬가지다. 거대한 방조제로 세계를 놀라게 하겠다더니, 결국 놀라게 만들긴 했다. 모든 국가들이 습지 보존과 생물종 보호에 힘쓰는데 독불장군처럼 서식지를 파괴하고 굶겨 죽이고 있으니 안 놀랄 국가가 어디 있겠는가?

그뿐이 아니다. 2008년에 경남에서 열렸던 '람사르 총회'에서도 한국 정부는 "새만금에 대해서는 간섭하지 말라"는 태도로 일관했다고 한다.

람사르(RAMSAR)는 습지 보존을 위한 국제협약이고 람사르 총회는 '환경 올림픽'이라고 불릴 만큼 중요한 국제회의다. 그런데 새만금 사업 및 기타 연안습지 매립의 생태적 영향에 대한 보고서를 제출해 달라는 람사르 사무국의 요구를 한국 정부가 딱 잘라 거절했다는 것이다.

당시 국토해양부에서는 "다른 나라엔 요청하지도 않으면서 왜 우리한테만 그러느냐"고 볼멘소리를 했다고 한다. 학교에서 떠들던 애들이 선생님한테 걸렸을 때 "딴 애들도 떠드는데 왜 저만 잡으세요?" 하는 것처럼 유치한 논리다. 사실은 중학교 때 나도 선생님한테 그런 소릴 한 적이 있었는데, 그때 들은 얘기가 아직도 생생하다.

"뭔 말이 그리 많아? 도둑질하다가 잡힌 사람이 경찰한테 왜 자기만 잡느냐고 따지면 그게 말이 되냐? 걸렸으면 군소리 말고 엎드려뻗쳐!"

다시 생각해도 정말 백 번 천 번 맞는 말씀이다.

이제 당분간 새만금에서 구름처럼 하늘을 덮는 도요새들을 발견하긴 힘들 것 같다. 가끔 "저기가 작년에 도요새들이 많이 있었던 갯벌인데 올해에도 있을까?" 싶어서 열심히 둘러봐도 보이는 건 바짝 말라붙은 빈 갯벌뿐이다.

도요새들이 없으니 흥이 안 나고, 흥이 안 나니 발걸음마저 자꾸 축축 처진다. 예전엔 목마르고 더워서 쓰러질 것 같은 순간에도 녀석들과의 만남을 떠올리면 아드레날린이 팍팍 솟으면서 다시 힘을 낼 수 있었는데…….

가끔 상상해 본다. 훗날 다시 바닷물이 밀려들어온 새만금을 즐겁게 걷는 순간을! 저 너머 갯벌에서 갑자기 수만 마리의 도요새들이 날아올라 황홀한 군무를 보여 주는 모습을! 너무나도 감격스럽고 아름다울 그 장면을 떠올리며, 녀석들의 군무를 머릿속으로 가만히 안무해 본다.

| 봄날 새만금을 누비는 민물도요들. 이런 소규모 군무조차 이젠 흔치 않은 풍경이다. ©정진문

짝짝이 집게 농게

지금 새만금을 걸으면 사방에 보이는 것이라고는 메마르고 황량한 사막 아니면 무럭무럭 잘도 자라는 갈대들뿐이다. 얼마 전까지 갯벌을 가득 채우고 있던 수많은 생명들은 흔적조차 찾아볼 수가 없다.

특히 윤기 흐르는 회갈색 갯벌 위를 빨빨 기어 다니며 뻘흙을 집어먹던 수만 마리의 게들은 전설처럼 아득하게 사라져 버렸다. 갯벌 향기가 사라진 새만금을 걷다가 그 많던 게들이 다 어디로 갔을까 생각하면 문득 몸서리가 쳐지곤 한다. 어디로 간 게 아님을 너무나 잘 알고 있기 때문이다.

방조제 완공 직후인 2006년 여름, 칠게와 농게들이 구멍 근처에서 처참하게 말라 죽은 모습을 곳곳에서 보았다. 게들의 집이 고스란히 무덤으로 바뀌어 버린 것이다. 아아, 그 참혹한 풍경! 집에서 삶을 마감했으니 그나마 다행이라고 해야 할까.

지진 같은 자연재해가 일어나면 대참사의 현장은 무엇 하나 남지 않고 다 파괴된 것처럼 보이지만 생존자는 반드시 있다. 새만금도 마찬가지여서, 처참하게 변해 버린 갯벌에서도 두 눈 크게 뜨고 잘 살펴보면 가끔 생존자들이 발견된다. 그늘지고 물이 고여 있는 바위 틈, 비가 올 때마다 물이 고여 흐르는 크고 작은 갯골들, 그리고

| 마른 갯벌 위 뻘탑들은 살아남으려는 게들의 눈물겨운 몸부림이다.

수로 주변에 쌓인 작은 진흙더미에도 아직 살아 있는 게들이 꽤 있는 것이다.

마른 갯벌을 걷다 보면 뻘로 만든 조그만 탑들을 많이 볼 수 있다. 이 뻘탑들은 수분 손실을 최대한 막기 위해 게들이 자기 집 위에 쌓아 놓은 것이다. 처음에는 뭔지도 모르고 발로 차서 부숴 버리곤 했는데, 선생님들의 설명을 듣고는 깜짝 놀라고 말았다.

"그럼 이 구멍 속에 아직도 게들이 살아 있어요?"

"죽었다면 구멍이 막혔겠지."

"하지만 그 속에서만 살 수는 없잖아요."

"비가 와서 축축해지면 바닷물이 들어온 줄 알고 나오겠지. 그러다가 다시 들어가고……. 아마 농게 종류인 것 같은데, 예전보다 훨씬 깊이 파고 들어갈 거야. 물기 있는 곳까지."

생존을 위해 필사적으로 지은 것인데 그걸 멋대로 부숴 버린 게 너무나 미안하고 부끄러웠다. 역시 지키고 보호하는 것도 뭘 알아야 할 수 있는 일이고, 내가 아는 걸 한 명이라도 더 많은 사람들에게 알리고 일깨워야 한다는 걸 새삼 깨달을 수 있었다.

녀석들은 이렇듯 좁고 어두운 공간 속에서 하루하루를 간신히 버티고 있다. 불쌍하고 애처롭지만 한편으론 고맙기도 하다. 끝까지 포기하지 않고 살아남아 생명의 끈질김을 우리에게 보여 주고 있으니까.

지금 보이는 게들 중에서 가장 많은 건 아마 도둑게일 것이다. 내가 아주 좋아하는 게들 중 하나인데, 그건 녀석의 미소 때문이다. 도둑게의 등껍질을 보면 가운데 움푹 파인 무늬가 꼭 스마일 마크처럼 생겼다. 동글동글한 두 눈과 등에 있는 미소 때문에 늘 웃고 있는 것처럼 보인다.

다른 게들과 달리 도둑게들이 눈에 자주 띄는 건 녀석들이 갯벌에 사는 종이 아니기 때문이다. 바위틈이나 논, 밭, 냇가, 심지어는 동네 마을까지 올라오는 경우도 있다. 도둑게라는 이름이 붙은 것도 녀석들이 가끔씩 부엌에 숨어들어 음식을 훔쳐 먹기 때문이란다. 언젠가 한 아주머니가 가마솥에 쌀을 안쳐 놓고 잠시 후 솥뚜껑을 열어 보니, 몰래 들어갔던 도둑게 한 마리가 밥 위에 통째로 익어 있었다고 한다.

| 물속에서 웃고 있는 도둑게. 물 위에 그림자를 드리운 사람도 빙그레 웃지 않았을까?

게들은 다 갯벌에서 뻘을 먹으며 사는 줄 알았는데 부엌을 기웃거리는 녀석도 있다는 게 참 재미있다. 혹시 녀석의 그 미소는 들켰을 때 그냥 아무 일도 없었다는 듯 웃으며 슬금슬금 도망가기 위해 생겨난 게 아닐까?

도둑게들을 제일 많이 볼 수 있는 곳은 화산이다. 그곳을 걷다 보면 바위틈 곳곳에서 녀석들을 볼 수 있는데, 가끔은 웅덩이 속에 죽어 있는 모습도 보인다. 물속에 있다가 햇볕이 너무 뜨거워서 그만 익어 버린 녀석들이다. 차라리 가마솥에 들어갔으면 최후의 만찬이라도 즐겼을 텐데.

도둑게의 미소는 죽은 뒤에도 사라지지 않는다. 숨이 멎는 와중에도 웃는다는 게 좀 멍청해 보이기도 하지만 어찌 보면 참 낙관적이라는 생각도 든다. 우리도 좌절하지 말고 웃으며 버텨 내면 좋겠다. 메마른 갯벌 위를 걸어가는 이 슬픈 시간들을.

새만금 갯벌에서 가장 흔했던 건 아마 칠게일 것이다. 발에 채일 정도로 흔해빠진 게들이었는데, 그토록 많던 녀석들을 지금은 마르지 않은 갯골에서나 드물게 볼 수 있다.

이 지역에선 예전부터 칠게를 잡아서 낚시 미끼로 썼는데, 잡는 방법이 아주 독특하다. 세로 방향으로 잘라 낸 PVC 파이프를 갯벌에 묻고 양쪽 끝에 플라스틱 통을 묻는다. 그러면 지나가다가 파이프에 빠진 칠게들이 바닥을 따라 걷다가 통에 빠져 버린다. 플라스틱 통은 깊고 미끄럽기 때문에 녀석들이 타고 올라올 수가 없다.

문제는 칠게통에 빠지는 게 칠게들만이 아니라는 점이다. 갯벌 위를 걷다가 칠게통을 들여다보면 도둑게, 농게, 밤게 등 온갖 게들이 다 갇혀 있다. 어차피 방조제도 막혔으니 통을 다 치웠어야 하는데, 그걸 처분하는 데도 비용이 든다고 그냥 방치해 둔 것이다. 그로 인해 애꿎은 희생을 당하는 게들만 자꾸 늘어나고 있다. 가뜩이나 줄어든 게들이 그런 식으로 개죽음, 아니 게죽음을 당하다니!

칠게통을 발견할 때마다 우리는 갇혀 있는 게들을 모두 구해 주곤 했다. 그래 봐야 새만금에 갇힌 게들 중 극히 일부겠지만, 그래도 녀석들에겐 우리가 아마 하늘에서 내려온 천사처럼 느껴졌을 것이다.

새만금을 생각할 때 제일 먼저 떠오르는 게는 다름 아닌 농게(농발게)다. 생김새로 보나 분포로 보나 새만금을 대표하기에 모자람이 없는 상징적인 갯생명이다.

농게의 가장 큰 특징은 거대한 집게발이다. 농게 수컷의 한쪽 집게발은 거의 제 몸통만큼이나 크다. 작은 집게발은 여느 게들처럼 뻘을 퍼먹을 때 쓰고, 큰 집게발은 영역 싸움이나 암컷을 차지하기 위한 싸움에 사용한다.

멋모르는 초등학생이었던 2005년, 겁도 없이 농게를 잡으려다 그 집게발에 된통 물렸던 적이 있다. 정말 엉엉 울고 싶을 정도로 많이 아팠던 걸로 기억한다. 농게들이 위협을 느끼면 큰 집게발을 높이 치켜들어 경고를 보낸다는 건 물린 뒤에야 알았다.

또 하나의 특징은 빨간 몸이다. 농게들이 빨간 이유는 주된 서식지가 붉은 칠면초 밭이기 때문이다. 이렇게 주변 환경과 비슷한 보호색을 띠면 천적들에게 잘 발견되지 않기 때문에 그만큼 안전하다.

하지만 이제 농게들에겐 천적을 피하는 것보다 생존을 유지하는 게 훨씬 급한가 보다. 마른 갯벌을 걷다가 가뭄에 콩 나듯 농게를 발견할 때가 있는데, 숨을 곳이라곤 전혀 없는 얕은 갯골에 있을 때가 대부분이다.

회색 뻘흙 위에서 농게의 빨간 몸은 너무나 또렷하게 도드라져 보인다. 위험하다는 건 녀석들도 알 것이다. 그러나 물기라고는 한 방울도 없는 칠면초 밭에선 어차피 생존 자체가 불가능하다. 그러니 위험을 무릅쓰고 밖으로 나올 수밖에.

그렇게 목숨을 걸고 피난을 왔지만 움직임은 예전 같지 않다. 잡

| 칠면초 텃밭을 잃고 마른 갯벌 위를 헤매는 농게. 늠름하던 집게발이 무거워 보인다.

으려고 하면 재빨리 도망가서 구멍 속으로 쏙쏙 숨곤 했었는데 이젠 너무나 쉽게 잡힌다. 그걸 다시 갯골에 놓아줄 때면 문득 어떤 그림 하나가 머리에 떠오르곤 한다.

그림의 주인공은 당연히 농게다. 'SOS' 라고 적힌 깃발을 높이 치켜든 모습인데, 공격적이라기보다는 아주 애처로워 보였다. 도와달라고 외치고 싶은데 말을 할 수가 없으니 구조 요청 깃발이라도 들어 올리며 절실함을 표현하는 것 같았다.

힘이 다 빠져 버린 듯 느릿느릿 움직이는 새만금의 농게들! 녀석들은 지금 마지막 숨을 몰아쉬며 우리를 향해 간절하게 SOS를 보내고 있다.

날아라 짱뚱어

지금은 보기 힘들지만 2~3년 전까지만 해도 새만금엔 갯벌 곳곳을 전광석화처럼 누비고 다니는 녀석들이 있었다. '말뚝망둥어'라는 녀석들인데, 어찌나 잽싼지 나타났다 싶으면 어느새 팔딱팔딱 뛰어서 저 너머 갯골로 도망쳐 버리고 만다.

어찌어찌해서 겨우 코앞까지 접근할 때도 있다. 그럴 땐 몸을 약간 숙이고 손은 매의 발톱처럼 오므린 상태에서, 용수철처럼 튕겨 나가며 낚아 챌 준비를 한다. 뭔가 낌새를 느낀 망둥어가 펄쩍 뛰는 순간, 그야말로 번개와 같은 속도로 녀석을 향해 달려들어 손바닥으로 내리친다.

하지만 망둥어는 간발의 차이로 근처의 물웅덩이로 뛰어들고, 흙탕물을 일으켜 연막을 펼친 다음 모습을 감춰 버린다. 즉시 흙탕물을 내리치지만 이상하게도 그 속엔 당연히 있어야 할 망둥어가 없다. 몇 년째 수없이 되풀이했던 장면이다.

그토록 기를 쓰고 잡으려 하는데도 요리조리 피해 다니는 그 작은 녀석을 보면 때론 울화통이 터진다. 하지만 마음을 비우고 "물은 물이요, 산은 산이다" 하면서 느긋하게 바라보고 있으면 생긴 것이나 하는 짓이 은근히 귀엽게 느껴진다.

갯벌에서 말뚝망둥어들을 관찰하다 보면 정말 생태 다큐가 따로

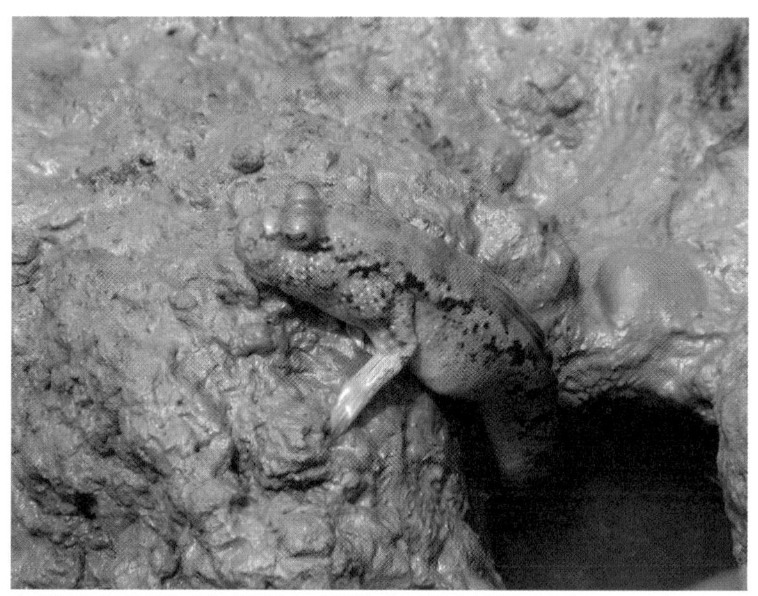

| 갯구멍 밖으로 몸을 내민 말뚝망둥어. 이름처럼 아무 말뚝에나 척척 달라붙는 재주꾼이다.

없다. 두 마리가 먹이를 앞에 두고 서로 먹으려고 잡아당기기도 하고, 자기 집 근처에 얼씬거리지 말라는 듯 지나가는 녀석과 옥신각신 싸우기도 한다. 공연히 농게나 칠게한테 시비를 걸 때도 있다. 농게의 집게발에 물리면 에누리 없이 두 토막이 날 텐데도 말이다. 갯벌에서 깝죽대기 시합을 하면 1등은 단연 말뚝망둥어일 것이다.

언젠가 항구에서 잠깐 쉰 적이 있는데, 마침 만조였는지 갯벌에 물이 가득 들어와 있었다. 그런데 부둣가 벽에 뭔가가 다닥다닥 붙어 있어서 자세히 보니 죄다 말뚝망둥어들이었다. 만조 때문에 갈 곳이 없어지자 일제히 벽을 타고 기어 올라왔던 것이다.

다가가서 슬쩍 만져 보려 하자 그 많은 녀석들이 갑자기 벽을 박차고 일제히 뛰어내렸다. 그러고는 물 위를 통통 뛰어 다니더니 다른 벽으로 가서 다시 달라붙는 게 아닌가! 빠른 줄은 알았지만 물 위를 뛰어 다닐 정도였다니……. 그날 이후 나는 정말로 말뚝망둥어들을 다시 보게 되었다.

말뚝망둥어들 가운데도 왕초가 있다. 포켓몬에서 디그다들이 있으면 그 위에 닥트리오가 있고, 아바타에서 아크란이란 조그마한 용들이 있으면 그 위에 더 강한 투루크란 거대한 용이 있듯이, 말뚝망둥어들 위엔 망둥어들의 짱인 짱뚱어가 있는 것이다.

짱뚱어는 망둥어보다 덩치는 세 배쯤 크고 비늘은 더 울긋불긋하며 몸엔 밝고 파란 점들이 있다. 하지만 정말로 대장다운 위엄을 보여 주는 짱뚱어의 특징은 크고 화려한 2개의 등지느러미다. 앞쪽엔 부채 모양의 커다란 지느러미가 있고, 그 뒤로 긴 지느러미가 몸통 끝까지 이어진다.

등지느러미를 활짝 펼친 짱뚱어의 모습은 아주 근사하다. 녀석이 지느러미를 펴고 솟구치는 모습이 그려진 티셔츠를 바닷길 걷기 때 나눠 준 적이 있는데, 그림 속 짱뚱어는 마치 날아오르는 용처럼 힘차고 당당해 보였다.

하지만 그토록 늠름한 짱뚱어도 평소 행동은 아주 엽기적이다. 말뚝망둥어에 비해 몸이 무거워서 그런지 이리저리 뛰어다니진 못하고, 옆지느러미로 엉기적엉기적 기어 다니기만 한다. 입을 땅에 대고 뻘을 훑으며 고개를 열심히 흔드는 모습은 어설픈 춤동작처럼 보인다. 등지느러미를 펼치고 뛰어 오르는 건 결정적인 순간에 딱

한 번만 써먹는 일종의 필살기인 모양이다.

짱뚱어 두 마리가 싸우는 것도 본 적이 있는데 한동안 엎치락뒤치락하다가 갑자기 멈추고, 또 뒹굴다가 또 멈추곤 했다. 마치 둘 다 지쳐서 "야, 잠깐만 쉬자" 하는 것처럼 말이다. 하지만 아무리 싸워도 저렇게 뻘에서 뒹굴기만 하는데 별로 아플 것 같지도 않고, 누가 항복할 것 같지도 않았다.

저러다간 하루 종일 승부가 나지 않을 것 같아서 결국 누가 이기는지 확인하는 것도 포기하고 그냥 돌아서 버렸다. 싸움 구경하다가 그냥 간 건 아마 그때가 처음이었던 것 같다.

살금갯벌 입구엔 아주 특별한 짱뚱어가 한 마리 있다. 설치미술가 최병수 작가님이 갯벌 보존을 염원하며 만드신 짱뚱어 솟대! 등지느러미를 활짝 편 채 높은 꼭대기에 올라앉은 그 짱뚱어를 처음 봤을 땐 당장에라도 하늘로 솟구쳐 오를 것처럼 멋지고 당당하게 느껴졌다.

하지만 방조제가 막힌 뒤엔 왠지 예전과는 전혀 다른 느낌이었다. 2007년 바닷길 걷기가 끝난 뒤에 썼던 내 소감문엔 이렇게 적혀 있다.

> …… 짱뚱어 조각은 변함없이 멋진 포즈로 점프를 하고 있었다. 하지만 마른 갯벌에 세워져 있으니 정말 비참해 보였다. 게다가 얼굴을 보니까 절규하는 표정이었다. 예전에는 느끼지 못했던 건데, 설마 이 짱뚱어가 정말 살아 있기라도 한 걸까?

| 짱뚱어의 죽음은 곧 새만금의 죽음이다.

솟대 위의 짱뚱어는 정말로 외로웠을 것이다. 방조제가 막히기 전엔 새만금 전역이 말뚝망둥어와 짱뚱어 천지였다. 하지만 막힌 뒤엔 갯벌이 굳으면서 서식지가 점점 줄어들어 진봉, 원평천, 금광리가 마지막 보루가 되었다. 그리고 지금은 그곳들마저 죄다 갈대밭으로 바뀌어 버렸다.

2009년에 바닷길을 걸을 때는 말뚝망둥어를 어은리에서 딱 한 번 봤다. 염전을 지나는 길 옆 수로에 몇 마리가 있었다. 거대한 갯벌에서 맘껏 뛰놀던 녀석들이 이제는 좁은 수로 안에서 겨우겨우 목숨을 부지하고 있었던 것이다. 짱뚱어들의 상황은 더욱 비참해서, 2009년 이후엔 한 마리도 보지 못했던 것 같다.

짱뚱어들의 천국일 때 갯벌은 아름다웠다. 짱뚱어가 없는 지금, 갯벌은 황량하고 쓸쓸하다. 어서 빨리 해수 유통이 이루어져서 녀석들의 멋진 비상을 다시 볼 수 있었으면 좋겠다. 솟대 위의 짱뚱어가 새만금 최후의 짱뚱어가 되기 전에.

갯벌에 사는 백로 황로들

둑방길을 걸을 때는 다양한 소리들이 함께한다. 산들산들 부는 시원한 바람소리도 들리고, 찌르르 우는 풀벌레 소리도 들리고, 우리들의 희망이 담긴 발걸음 소리도 저벅저벅 들린다.

그렇게 여러 소리들이 모여 하나의 리듬이 되고, 걸을 때도 거기 맞춰서 걷게 된다. 그러다 보면 어느새 걸어 온 거리가 훌쩍 늘어나 목적지가 코앞에 다가오곤 한다.

그런데 가끔씩 논에서 리듬을 깨는 총소리가 "빵! 빵!" 하고 들려온다. 우리의 발걸음이 뚝 멎는 것과 동시에 새들이 파드득 날아오른다. 공포탄 소리에 놀라 논밭에서 튀어나온 수백 마리의 백로와 황로들이다. 은하수처럼 지나가는 새하얀 새 떼를 바라보던 몇몇 선생님들이 뒤늦게 카메라를 꺼내 녀석들을 렌즈에 담는다.

눈가루가 날리는 듯 갯벌 곳곳에서 날아오르는 백로와 황로 떼들은 마음 한구석에 접어 둔 기억을 다시금 떠올리게 했다. 새만금에서는 더 이상 볼 수 없는 도요새들의 군무! 백로 무리를 보며 멋지다고 감탄하긴 했지만, 그 속엔 도요새들을 향한 짙은 그리움이 숨어 있었던 것 같다.

갯벌이 갈대밭으로 변하면서 새만금은 도요새가 아닌 다른 새들의 천국이 되어 가기 시작했다. 백로와 황로들은 그중 가장 대표적인 새들이다. 거전갯벌에서도 옥구염전에서도, 눈에 띄는 건 오로지 하얀 백로와 황로들뿐이었다.

녀석들이 그렇게 많아진 이유는 새만금을 걸어 보면 금방 알 수 있다. 방조제가 막힌 뒤부터 우리는 종종 메마른 염습지 위를 걷곤 한다. 악조건 속에서도 꿋꿋이 자리를 지키고 있는 염생식물들에겐 미안하지만 지름길로 가려면 어쩔 수가 없다.

무릎까지 올라오는 염생식물들을 힘들게 헤치면서 걷고 나면 모두들 바지 아랫자락이 거지꼴이 되어 있다. 마른 진흙이 여기저기 묻어 있고, 붉은 물이 곳곳에 들어 있고……. 하지만 가장 거슬리는 건 덩굴처럼 다리를 휘감고 있는 엄청난 양의 거미줄이다.

소금기가 빠진 메마른 갯벌은 그야말로 벌레들의 무법천지다. 그러다 보니 거미들도 굉장히 많아져서 염습지 전체가 하나의 거대한 거미줄이 되어 버렸다. 그 속을 걸었으니 온몸이 거미줄에 뒤덮일 수밖에 없었던 것이다. 물론 거미들 입장에서는 우리가 집을 통째로 휩쓸어 버린 꼴이지만.

그런데 정말 그곳의 거미들은 평생 먹이 걱정은 안 해도 될 것 같다. 통통하게 살이 오른 메뚜기부터 작고 날쌘 길앞잡이까지 별의별 곤충들이 다 있고 그 수도 엄청나다. 우리가 걷는 동안에도 사방에서 메뚜기들이 튀어 올라 얼굴을 때렸고, 길앞잡이들이 앞다퉈 가며 길을 안내해 주었다.

결국 백로와 황로가 엄청나게 많아진 건 곤충들 때문이라는 얘기다. 게들의 천국이던 갯벌이 벌레들의 천국으로 바뀌니까, 갯벌에

| 메마른 염습지를 뒤덮은 백로와 황로들은 갯벌 생태계의 변화를 또렷이 보여 준다.

서 먹이 활동을 하는 새들도 도요새에서 백로와 황로로 바뀌어 버린 것이다.

녀석들은 굉장히 빠르고 정확하다. 어은리의 칠면초 군락에서 황로 50여 마리가 사냥하는 걸 본 적이 있었다. 고개를 약간 숙이고 살금살금 걸으며 풀숲을 샅샅이 뒤지는 모습이 마치 접전 지역에 수색 나온 군인들처럼 보였다. 작은 움직임이라도 포착되면 곧바로 쏠 것 같은 날카로운 눈빛! 그러다가 먹이가 포착되면 웅크렸던 목을 가제트처럼 쭉 내밀면서 화살촉 같은 부리로 목표물을 단숨에 제압한다.

따지고 보면 백로와 황로들에게 무슨 죄가 있을까? 갯벌 환경이 바뀌면서 자연스럽게 도요새들의 빈자리를 메웠을 뿐인데……. 하지만 녀석들을 보며 자꾸만 옛 친구들이 그리워지는 건 어쩔 수가 없다. 마치 할아버지 할머니들이 "옛날엔 그랬지" 하며 돌아갈 수 없는 젊은 시절을 회상하듯 말이다.

둑방 너머로 사라진 녀석들의 뒤를 이어 또 다른 무리들이 너울너울 날아온다. 그 뒤로도 새하얀 백로와 황로 떼들은 계속 머리 위를 맴돌았고, 내 가슴속 추억의 향기도 점점 더 진하게 풍겨 나왔다.

바닷물이 민물이 되고 갯벌이 육지가 되면서 나타난 새들은 백로 황로들만이 아니다. 이제는 민물에 사는 오리들도 새만금에 깃을 들였고, 겨울철새인 재두루미와 기러기들도 이곳을 많이 찾는다. 2009년 가을 무렵엔 개구리매 종류인 듯한 맹금류가 갈대숲 위로 저공비행하는 모습을 본 적도 있다.

2008년엔 메마른 거전갯벌에서 흰뺨검둥오리 새끼들을 보기도 했다. 저만치 풀숲에서 인기척에 놀란 백로 수십 마리가 날아오르는 걸 보고 있는데 갑자기 초등학생 아이들이 흥분한 목소리로 이렇게 외치는 것이었다.

"어! 오리 새끼들이다!"

당시 나는 캠코더로 우리들의 여정을 녹화하는 임무를 맡고 있었는데, 그 말을 듣자마자 마치 긴급제보를 받은 기자처럼 부리나케 현장취재를 하러 갔다. 거기엔 정말로 작고 예쁜 흰뺨검둥오리 아기들 7마리가 옹기종기 모여 있었다.

녀석들은 잔뜩 겁에 질린 모습이었다. 자기들끼리 꼭 붙어서 앙상한 칠면초 뒤에 숨어 있는 모습을 보고 다들 귀여워서 어쩔 줄을 몰라 했다. 초등학교 앞에서 박스에 담긴 병아리들을 구경하는 꼬맹이들처럼 말이다.

| 거전갯벌에서 만났던 아기 오리들

사람이건 동물이건 아기들은 호기심이 많은가 보다. 시간이 지나자 녀석들이 차츰 경계를 풀고 우리에게 아장아장 다가오는 게 아닌가? 야생 동물이 사람의 손을 타면 어미로부터 버림받을 위험이 있기 때문에 만져 볼 수는 없었지만, 대신 카메라와 캠코더에 녀석들의 사랑스런 모습을 또렷이 담을 수 있었다.

잠시 후, 포토타임이 끝났다. 아기 오리들은 물골 쪽으로 뒤뚱뒤뚱 걸어가더니 반짝이는 물별을 타고 갯골 너머로 쪼르르 사라졌다.

지금쯤 녀석들은 다들 어른이 되어 짝을 만났겠지. 그래서 몇 년 전의 자기들처럼 예쁜 아기들을 낳았겠지. 새만금 어딘가를 날고 있을 그 오리들을 생각하면 지금도 입가에 저절로 미소가 떠오르곤 한다.

캐도 캐도 끝이 없던 조개들

새만금은 갯벌 전체가 거대한 조개밭이었다. 대한민국 조개 생산량의 50%! 수많은 어민들의 생계가 거기에 달려 있었고, 우리 역시 새만금이 건강했을 땐 거전갯벌에서 조개들을 질릴 만큼 캐 본 적이 있었다.

새만금에서 가장 유명한 조개는 백합이다. '조개 중의 조개' 라는 백합은 채취한 뒤 보름이 지나도 죽지 않는다 해서 '생합'이라고도 불린다. 특히 말백합은 맛이 좋기로 유명한데, 방조제가 막히기 전엔 우리나라 전체 생산량의 2/3가 이 지역에서 나왔다고 한다.

백합 껍데기엔 여러 개의 줄무늬가 층층이 있다. 그게 백 개여서 백합이라는 말도 있고, 똑같은 무늬가 하나도 없이 조개마다 달라서 백합이라는 설도 있단다. 아무튼 그 줄무늬들로 이루어진 오묘한 그림은 마치 고대 벽화에 그려진 기하학적 문양처럼 보인다. 어릴 때부터 매년 한 개씩 줄무늬가 늘어난다고 하니까, 나무로 치면 나이테고 사람으로 치면 주름살인 셈이다.

녀석들에겐 좀 미안한 얘기지만 백합이 들어간 음식은 뭐든 다 맛있다. 백합 칼국수, 백합탕, 백합 수제비, 백합죽 그리고 백합 구이까지 모조리 감동적이다. 백합탕이 술안주로 좋다는 건 나로선 아직 알 길이 없지만, 아무튼 '백합' 자가 들어간 음식을 먹다가 남

| 한국인이 먹던 백합의 2/3는 새만금 어민들이 그레로 캐낸 것이었다. ⓒ허철희

긴 적은 지금껏 단 한 번도 없었던 것 같다.

특히 거전갯벌 입구의 포장마차에서 먹었던 백합 칼국수엔 대대로 내려오는 신비한 맛의 비결이 있는 게 분명하다. 평소 칼국수를 좋아하지 않던 내가 무려 3그릇을, 그것도 국물까지 들이켰을 정도니까. 그땐 정말 배가 터지는 줄 알았다. 새만금엔 이처럼 백합이 널리고 널려서 값도 아주 쌌고, 어디든 백합 요리가 없는 음식점이 없었다.

하지만 이젠 모든 게 과거형이 되어 버렸다. 2010년에 전라북도에서 발표한 내용에 따르면 방조제 완공 이후 새만금 지역의 백합 생산량이 1/10로 줄었다고 한다.

그 기사를 처음 봤을 땐 1/10이 줄었다는 얘긴 줄 알았다. 그런데 자세히 보니 1/10로 줄었단다. 열 바구니 캐던 백합을 이젠 한 바구니밖에 못 캔다는 뜻이다.

하긴, 그럴 수밖에 없을 것이다. 백합 많기로 으뜸이었던 거전갯벌과 살금갯벌이 죄다 마른 땅으로 변했는데 백합들이 무슨 재주로 살아남았겠는가. 녀석들의 줄무늬는 바다가 막힌 그 해를 마지막으로 더 이상 늘어나지 않았을 텐데.

국립수산과학원에서는 인공종묘 생산이라는 대안을 내놓았다. 실내 양식장에서 얻은 아기 백합들(종패)을 서남해안의 갯벌로 옮겨 양식하겠다는 것이다. 성공하면 그나마 다행이겠지만, 그렇게 키운 백합들은 왠지 예전보다 맛이 훨씬 덜할 것 같다.

새만금은 다른 조개들 역시 넉넉하게 품어 주었다. 속살이 노란 노랑조개, 쭉정이를 솎아 내는 키처럼 생긴 키조개, 맛소금을 뿌리면 바닷물인 줄 알고 쏙 올라오는 맛조개, 꼬챙이로 끌어올리는 가리맛조개 등등.

2009년에 계화도의 종덕이 아저씨가 포장마차에서 푸짐한 조개구이를 사 주신 적이 있다. 아는 조개들부터 모르는 조개들까지, 내가 먹어 본 조개구이 중 단연 최고로 보였다. 우겨넣다시피 게걸스럽게 먹고 있는데, 주인 아주머니가 너무나 충격적인 말씀을 건넸다.

"이중에서 태반은 인천에서 잡은 조개들이여."

맙소사! 인천이라니? 이중엔 새만금에 흔하디 흔했던 조개들도 많은데, 이젠 그것들마저 다른 곳에서 사 와야 한단 말인가?

암담한 느낌과 함께 입맛이 뚝 떨어졌다. 조개 천국 새만금의 한복판에서 인천 조개를 먹어야 할 만큼 조개들의 씨가 말랐다는 걸 새삼 깨달은 탓이었다. 그 뒤에도 약간 더 먹긴 했지만 조개 맛은 제대로 느낄 수 없었고, 뒷맛이 자꾸만 씁쓸하게 느껴졌다.

조개들에게 무슨 일이 일어났는지 두 눈으로 확인하려면 갯벌로 나가야 한다. 바닷길을 걷다가 만나는 조개들의 집단폐사 현장은 너무나 끔찍하고 처참해서 차마 말로 표현할 수가 없을 정도다.

뻘 밖으로 몸을 내민 채 입을 크게 벌리고 죽어 있는 수많은 조개들! 감정 표현을 잘 안 하는 남자 선생님들은 안타까움에 혀를 차며 한숨을 내쉰다. 감정이 북받치는 여선생님들은 소리 없이 눈물을 흘리거나 아예 눈길을 돌려 버리기도 한다.

가장 최악이었던 건 2008년에 군산의 미군비행장 옆에서 본 광경일 것이다. 나문재와 퉁퉁마디 숲을 열심히 헤치고 나오니 갑자기 환한 빛이 눈으로 쏘아져 들어왔다. 햇빛이겠거니 하면서 무심코 눈길을 돌렸을 때, 나는 하마터면 그 자리에 털썩 주저앉을 뻔했다.

그건 죽은 조개들이었다. 저만치 앞에 조개들의 주검이 끝도 없이 이어져 있었고, 하얀 조개껍데기에 반사된 햇빛이 눈이 아플 만큼 강렬하게 우릴 찔러 대고 있었다.

가슴이 먹먹해지던 여느 집단 폐사 현장들과는 달리, 그땐 그냥 머릿속이 하얗게 비어 버렸다. 지금 보고 있는 게 실제상황인지 아닌지 현실감마저 무뎌지는 듯했다. 지금도 나는 그때 그곳을 어떻게 지나왔는지 잘 기억이 나지 않는다. 새하얗던 빛과 아득하던 느

| 학살! 그밖에 어떤 말로 이 장면을 설명할 수 있을까? ⓒ주용기

낌만이 선명하게 떠오를 뿐이다.

굳어 버린 갯벌과 거기 파묻힌 조개들을 보면 문득 폼페이가 떠오른다. 번영을 누리던 폼페이에 느닷없이 닥친 화산 폭발! 그리고 잿더미로 변한 도시! 수많은 조개들이 평화롭게 살던 새만금에도 어느 날 갑자기 물막이 공사라는 재앙이 닥쳤고, 갯벌은 한순간에 거대한 공동묘지가 되고 말았다.

사진이나 영상으로 폼페이 유적을 보았을 때 가장 인상적인 건 주검들의 얼굴이었다. 공포에 질린 그 순간의 표정이 지금껏 생생하게 남아 있는 것이다.

새만금의 조개들 역시 마찬가지다. 입을 벌린 채 말라붙은 조개들의 주검엔 처절했던 아우성이 고스란히 담겨 있다. 마지막까지 "물 좀 줘……"라고 애원하던 그들의 비참한 최후가 생생하게 보이는 것만 같다.

이제 우리가 걷는 길 주변에서 조개를 본다는 건 기적에 가까운 일이다. 지금 조개들은 전부 육지로부터 멀리 떨어진 곳에 있고, 갯벌의 가장자리를 걷는 우리는 조개들이 폐사한 모습조차 보기가 어렵다. 죽은 조개들은 죄다 갈대밭 속에 묻혀 있으니까.

2010년 바닷길 걷기 때는 누군가 먹고 버린 조개껍데기들 속에서 백합을 발견했다. 색이 좀 바래긴 했지만 멋진 줄무늬만은 여전히 그대로였다. 그해에 새만금에 처음 온 친구들에게 "이게 바로 백합이야" 하면서 이런저런 특징들을 설명해 주었다.

예전에 나는 갯벌에 지천으로 널린 백합을 직접 캐면서, 또는 그걸 삶아 먹으면서 그런 설명들을 들었다. 그런데 이젠 쓰레기더미에서 찾아낸 백합 껍데기를 보여 주며 얘기를 해야 한다는 게 너무나도 허탈하고 속상하다.

나도 내가 배웠던 바로 그 장소에서, 내가 배웠던 것과 똑같은 방법으로 백합을 소개하고 싶다. 캐서 바닥에 놔두면 혀를 날름거리며 갯벌 속으로 꿈틀꿈틀 숨어 버리는 살아 있는 백합을 친구들에게 보여 주고 싶다. 부디 그런 날이 다시 오기를!

염습지를 수놓은 염생식물들

'염습지'라고 하면 뭔가 아주 전문적인 용어 같지만 뜻인즉 간단하다. '염'은 소금이고 '습지'는 젖은 땅이니까 염습지는 '소금기가 있는 습지'다. 그리고 거기에 사는 식물들을 염생식물이라고 부른다.

식물은 원래 소금기가 많은 땅에선 살지 못한다. 땅의 염도가 식물 내부의 염도보다 높으면 삼투압 현상에 의해 식물 안의 수분이 다 빠져나가 버리기 때문이다. 염생식물도 식물인데 소금기를 좋아할 리는 없다. 그래도 다른 식물들에 비해서는 잘 견디기 때문에 염습지의 짠물을 먹으며 살아갈 수 있는 것이다.

염생식물들은 우리가 '식물' 하면 떠올리는 일반적인 이미지와는 생김새가 많이 다르다. 주변 환경에 적응하는 과정에서 생겨난 변화인데, 내가 녀석들을 유난히 좋아했던 데는 그런 독특한 외모도 단단히 한몫했던 것 같다.

새만금에서 가장 대표적인 염생식물은 칠면초다. 온몸이 붉은색이고 잎사귀가 없고 앙상하게 가지만 남은 게 꼭 외계식물 같다. 하지만 정확히 말하면 잎이 없는 게 아니라, 있긴 있는데 잎처럼 안 생겼을 따름이다. 칠면초 잎은 곤봉처럼 생겼는데, 잘라 보면 단면이 원형이다.

초등학교 5학년 때 새만금에 처음 와서 칠면초 군락을 봤을 땐 당연히 산호초인 줄 알았다. 색깔이 한 가지뿐이고 굵기도 가늘어서 좀 이상하다고 생각은 했지만, 그래도 그게 산호초라는 데는 조금의 의심도 없었다. 책이나 영화에서만 보던 바닷속 산호초가 눈앞 가득 펼쳐져 있을 줄이야!

나중에야 그게 칠면초라는 걸 알았지만 실망은 잠깐이었다. 진봉의 전망대에서 내려다본 화포 염습지의 불타는 듯한 풍경은 여행광고에 나오는 섬나라들의 산호초보다 훨씬 더 아름답고 화려해 보였다.

염습지는 원래 민물과 짠물, 즉 강과 바다가 만나는 기수역에 형성된다. 새만금 곳곳의 칠면초 밭들도 이곳이 하구갯벌이기 때문에 생겨난 풍경이다. 만경강과 동진강과 서해 바다의 합작품인 그 울긋불긋한 염습지들은 풍경으로 보나 생태적 의미로 보나 새만금을 대표하기에 전혀 모자람이 없다.

염습지에서는 무성한 염생식물들을 헤치고 지나가야 하기 때문에 으레 발밑을 보며 걷게 된다. 그러다 보면 붉은색 칠면초들 틈에서 가끔 초록색 식물이 눈에 띄곤 한다. 줄기가 여러 개의 마디들로 나뉘어 있고 마디마다 전부 통통 부어 있는 그 야릇한 녀석이 바로 또 하나의 염생식물인 '통통마디'다.

사실 색깔만 갖고 녀석들을 구분할 순 없다. 통통마디도 늘 초록색인 건 아니고 붉게 변할 때도 있으니까 말이다. 하지만 빨갛건 파랗건 통통 부어 있기만 하면 그건 100% 통통마디라고 보면 된다.

| 퉁퉁마디(녹색)와 칠면초(붉은색)가 예전처럼 무성했다면 갈게에게 든든한 울타리가 되었을 텐데.

녀석에겐 그 우스꽝스런 이름 말고 더 유명한 이름이 있다. 약재로 쓰이고 소금 대용으로도 쓰이는 '함초'가 바로 퉁퉁마디의 다른 이름이다.

가끔 함초 캔다면서 엉뚱하게 칠면초 캐는 사람들을 보고 슬쩍 코웃음을 친 적이 있었는데, 알고 보니 일부러 속이는 경우도 있다고 한다. 말리고 빻아서 가루로 만들면 그게 칠면초인지 함초인지 구분할 방법이 없기 때문이란다. 어쩌면 내가 본 사람들도 몰라서 그런 게 아니라 일부러 그런 건지도 모르겠다.

함초가 몸에 좋다기에 우리도 걷는 중간에 퉁퉁마디를 한 움큼씩 뜯어서 먹곤 했는데, 소금에 엄청 절인 생나물처럼 짭짤했다. 익숙해진 뒤부터는 보이기만 하면 냉큼 뜯어 먹었고, 덕분에 하루 종일 입이 심심하지 않았다.

나는 간식 삼아 먹었지만 함초의 효과를 제대로 본 사람도 있다. 2009년에 처음 만났던 제주도 소녀 지은이가 그 주인공이다. 작은 체격에도 불구하고 나보다 훨씬 씩씩하게 걷던 지은이는 아토피가 굉장히 심했다. 그래서 새만금을 걷는 동안 퉁퉁마디를 잔뜩 따서 챙겨 갔는데, 먹기도 하고 몸에도 바를 거라고 했다.

2010년에 새만금에서 지은이를 다시 만났을 땐 정말 깜짝 놀랐다. 그렇게 심하던 아토피가 말끔하게 사라져 있었던 것이다. 염습지마다 널린 게 퉁퉁마디여서 대수롭지 않게 여겼는데 그렇게 약효가 좋을 줄이야! 흔하다고 해서 시시한 건 절대 아님을 지은이를 보면서 비로소 알게 되었다.

'해홍나물'이라는 염생식물도 있는데, 얼핏 보면 칠면초랑 비슷하다. 하지만 칠면초는 줄기 하나가 땅에서 어느 정도 올라온 다음 여러 갈래로 갈라지고, 해홍나물은 땅에서부터 여러 갈래로 줄기들이 나뉘어 자란다. 그리고 내가 보기엔 해홍나물이 다른 염생식물들보다 더 굵고 튼튼하게 자라는 것 같다.

2006년에 메마른 칠면초 밭을 통과한 적이 있었는데, 자꾸 다리를 스치는 느낌이 싫어서 괜히 쿵쿵 짓밟으며 걸었다. 그런데 저 앞에 유난히 크고 덤불처럼 무성한 칠면초 한 포기가 눈에 띄었다.

저렇게 큰 것도 밟아서 쓰러뜨릴 수 있을까? 쓸데없는 도전정신에 사로잡힌 나는 거대한 보스몹(게임 속 왕초 괴물)을 잡으러 가는 심

| 붉은색 때문에 칠면초와 혼동하기 쉬운 해홍나물 ⓒ배귀재

정으로 성큼성큼 다가가 녀석을 힘껏 밟았다. 그런데 여느 칠면초들처럼 '빠지직' 소리가 나기는커녕 오히려 내 입에서 "악!" 하고 비명이 터져 나왔다. 마치 거대한 창이 내 발을 꿰뚫어 버린 것만 같았다.

아픔을 참으며 확인해 보니 제일 굵은 줄기가 신발을 완전히 관통한 상태였다. 어찌나 세게 박혔는지 맨손으로는 뽑을 수조차 없었고, 단단한 물체로 여러 번 두들긴 뒤에야 겨우 빼낼 수 있었다. 그 무시무시한 식물이 껑충한 칠면초가 아니고 정상 체격의 해홍나물이라는 걸 나중에야 알았지만, 그땐 이미 신발에 큼지막한 구멍이 뚫린 뒤였다.

그다음부터는 비가 올 때마다 신발 속으로 물이 들어와서 철벅거렸다. 신발 젖는 게 세상에서 제일 싫었던 나는 두 번 다시 식물들을 짓밟지 않겠다고 맹세했고, 아직도 그걸 충실하게 지키고 있다.

갈대밭으로 변한 염습지에서

2007년 걷기 때 어떤 일 때문에 어물쩍거리다가 일행들로부터 한참 뒤쳐진 적이 있었는데, 옆에 있던 선생님이 화포 염습지를 가로질러 가자고 제안하셨다. 우린 바짝 말라 버린 염습지를 빠르게 뚫고 나왔는데, 걷는 내내 아무 말도 하지 않았다. 바빠서 그런 게 아니라 마음이 울적해진 탓이었다.

방조제가 막히기 전엔 그곳을 가로지른다는 걸 생각도 못했다. 조금만 안쪽으로 들어갔다 나와도 신발을 신고 있는 건지 뻘흙을 신고 있는 건지 모를 정도였으니까. 그렇게 질척한 염습지 위를 걷는다는 건 물 위를 걷는 것만큼이나 무모한 일이었는데 이젠 뛰다시피 걷고 있으니, 마음이 편할 턱이 없었던 것이다.

화포 염습지는 그렇게 서서히 제 모습을 잃어 갔다. 소금을 머금고 있어야 할 물이 마르면서 염습지는 차츰 '염지'로 바뀌었고, 비가 올 때마다 염분이 씻겨 내려가면서 그 염지마저 그냥 '지'가 되어 버린

| 메마른 염습지를 묵묵히 가로지르는 사람들

것이다.

소금기 없는 염습지는 더 이상 염생식물들의 영토가 될 수 없다. 염분이 줄어들자 억새, 모새달, 갈대 같은 육상식물들이 염습지를 넘보기 시작했고, 슬금슬금 그 무방비 지대를 점령해 들어갔다. 소금이라는 방어막이 없어진 칠면초들은 속수무책으로 그곳에서 쫓겨날 수밖에 없었다.

2008년에 다시 찾은 화포 염습지는 이미 무성한 갈대들의 땅이었다. 1년 전에 몇몇 사람들끼리 가로질렀던 그곳을 이번엔 일행 전체가 뚫고 가기로 했다. 목적지에 훨씬 더 빨리 도착해서 쉴 수 있으리라는 기대에 부푼 채, 우린 앞도 보이지 않는 미지의 갈대숲 속으로 발길을 들여놓았다.

결론을 말하자면 그건 새만금 걷기 사상 가장 무모했던 최악의 결정이었다. 뜨거운 뙤약볕 밑에서 어른 키보다도 높은 갈대들을 헤치고 나간다는 건 애초에 가능한 일이 아니었던 것이다. 열기가 푹푹 치솟는 빽빽한 갈대밭에 파묻혀 있으니까 금방이라도 질식할 것처럼 덥고 숨이 가빠왔다. 한 걸음 내디딜 때마다 최소한 열 마리의 벌레들이 얼굴로 돌진해 왔고, 수많은 거미들이 거미줄과 함께 온몸에 휘감겼다.

그렇게 1시간을 갈대 정글 속에서 헤매다가 겨우 되돌아 나왔을 때는 다들 탈진하기 일보 직전이었다. 눈앞의 무성한 갈대밭이 내겐 염습지를 집어삼킨 괴물처럼 보였다. 화포 염습지 전체가 마치 스타크래프트에 나오는 감염된 커맨드 센터 같았다.

요즘 새만금 곳곳의 염습지들을 걷다 보면 고라니 발자국이 종종

| 농게들 숨바꼭질하던 염습지에서 고라니 내달리는 육지로! 내일은 또 누가 이곳의 주인이 될까?

눈에 띈다. 어느새 대형 동물들까지 드나들 만큼 땅이 마르고 단단해졌다는 얘기다. 이대로 가다간 머지않아 염습지라는 옛 이름마저 쓸 수 없게 될 테고, 나처럼 산호초를 떠올리며 환호하는 아이도 다시는 나타나지 않을 것이다.

염습지가 육지로 바뀌면서 사라진 것들 중엔 갯가 식물들도 있다. 원래 바닷물이 많이 드나드는 곳엔 칠면초와 퉁퉁마디가 살고, 전혀 드나들지 않는 곳엔 갈대와 모새달과 억새가 산다. 그 중간지대, 그러니까 바닷물이 가끔씩만 드나드는 곳에 사는 게 바로 갯가 식물들이다. 갯잔디, 순비기나무, 참골무꽃, 갯개미취, 갯메꽃, 나문재 등등.

그중에서 갯메꽃은 남수라에서 화산으로 가는 길에 미군비행장 옆에 솟아 있는 사구에 유난히 많았다. 작은 보랏빛 꽃들이 아기자기하게 피어 있는 게 너무나 예쁘고 귀여웠다.

그런데 2009년에 그곳을 지날 땐 갯메꽃은 간 데 없고 죄다 육상식물들뿐이었다. 바닷물이 전혀 들어오지 않게 되면서 갯가 식물들마저 모두 사라져 버린 것이다. 아주 약간의 짠물만 있어도 충분히 살 수 있는 참을성 강한 녀석들이었는데.

갯가 식물들 중 지금도 여전히 많이 보이는 건 나문재다. 아니, 정확히 말하면 유일하게 남은 갯가 식물이라고 해야 할 것이다. 어딜 가도 보이는 것이라곤 오로지 나문재들뿐이니까 말이다. 칠면초처럼 붉은빛을 띠는 이 식물은 별 모양의 작은 꽃을 피우고 잎은 솔잎처럼 생겼다.

나문재가 갑자기 엄청나게 불어난 데는 이유가 있다. 갯벌이 사막화되는 바람에 모래바람이 일어서 농작물에 피해가 생기자 그 대안으로 심은 게 바로 나문재였던 것이다. 황사를 줄이기 위해 몽골에 나무를 심듯, 모래바람을 줄이기 위해 마른 갯벌에 나문재 씨앗을 잔뜩 뿌렸다는 얘기다.

그 얘기를 듣고 처음엔 그냥 그런가 보다 했다. 그런데 농어촌공사 웹사이트에서 '염생식물 파종의 의의'라는 걸 읽고 나니 화가 나는 차원을 넘어 머리에서 모락모락 김이 오를 것만 같았다.

모래 먼지를 효율적으로 진압한다는 것까지는 이해하겠는데,

'초원 같은 염생식물 군락을 통해 간척지 경관 개선과 생태 복원의 모범적 사례를 남겼다' 는 터무니없는 자화자찬은 대체 어떻게 받아들여야 할까? 게다가 '사라진 갯벌 생태계를 염습지 생태계로 새롭게 대체하여 복원하는 훌륭한 업적' 이라니!

아는 사람들은 다 안다. 그들이 진짜 염습지를 초토화시켜 버렸다는걸. 두 눈이 멀쩡한 사람이라면 누구나 안다. 마른 갯벌에 듬성듬성 심어 놓은 나문재들이 얼마나 엉성하고 초라해 보이는지를.

복원이라는 말은 아무 데서나 쓰는 게 아니다. 무성하던 칠면초와 퉁퉁마디를 다 없애 놓고 나문재 몇 포기 심은 걸 염습지 생태복원이라고 우기느니, 차라리 맨땅에 묘목 몇 그루 심어 놓고 열대우림 복원이라고 우기는 게 훨씬 나을 것 같다.

| 마른 갯벌에 듬성듬성 심어 놓은 나문재. 방조제 완공 후 새만금 곳곳에서 보이는 풍경이다.

한 장소에서 시간의 흐름에 따라 진행되는 식물군집의 변화를 '천이'라고 한다. 아무것도 없던 땅에서 작은 이끼들로부터 시작해 차츰 큰 식물들이 자라나는 천이가 있고, 원래 있던 식물들이 어떤 이유로 인해 사라진 뒤 새롭게 시작되는 식물들의 번영을 뜻하는 천이도 있다. 새만금 염습지의 변화는 두 번째 경우인 셈이다.

방조제로 인해 바닷물이 막히면서 염생식물들이 사라진 건 인공적인 것이다. 하지만 그 자리에 갈대들이 자라나고 고라니들이 발을 들여놓는 건 천이에 의해 생겨나는 자연적인 현상이다. 죽은 생명들 위에 새로운 생명이 싹트는 건 그 자체로 경이로운 일이고, 염습지에 들어선 갈대들 역시 그런 의미에서 보면 충분히 아름답다.

사실 나는 붉은빛이 사라진 화포 염습지를 처음엔 쳐다보기도 싫었다. 하지만 전망대에서 가만히 내려다보니 갈대밭도 마냥 밉기만 한 건 아니었고 오히려 멋진 풍경에 가슴이 설레기도 했다. 예전 풍

저 갈대밭이 다시 붉게 물드는 날, 새만금의 모든 것들은 제자리로 되돌아올 것이다.

경이 그리워서 짐짓 갈대밭을 외면하고 있었지만, 자연이 빚어 내는 아름다움은 억지로 부정한다고 해서 사라지는 건 아닌가 보다.

그럼에도 나는 또 생각한다. 절대 저 풍경에 취해서 나른해지면 안 된다고! 물결처럼 바람에 일렁이는 푸른 갈대밭이 아름답긴 하지만 그건 일시적일 뿐이다. 새만금 내부 공사가 시작되면 갈대밭 역시 칠면초들처럼 흔적 없이 사라질 테니까. 그 자리엔 갈대보다 훨씬 크고 메마른 갯벌보다도 훨씬 더 삭막한 잿빛 건물들이 빽빽하게 들어설 것이다.

바로 그런 이유 때문에 나는 아름다운 갈대밭에 마냥 도취할 수가 없다. 내일을 기약할 수 없는 아름다움은 참된 아름다움이 아니라고 생각하기 때문이다. 새만금은 영원히 아름다워야 하고, 그건 되살아난 염습지 위에 칠면초들이 다시 싹을 틔울 때 비로소 가능하다는 게 나의 믿음이다.

4장 퍽퍽해진 갯살림

유령 포구가 될 하제항

| 방조제가 막히기 전 분주했던 하제항

만경강 하구의 하제 마을은 우리에게 늘 재충전의 시간을 갖게 해주던 곳이다. 점심도 먹고 꿀맛 같은 낮잠도 자고……. 새만금에서 거쳐 가는 숱한 장소들 중 내가 유난히 좋아했던 마을이기도 하다.

강바람과 바닷바람이 하나로 섞이는 평화로운 어촌 마을! 하지만 그건 겉모습일 뿐이다. 새만금의 모든 마을과 항구들이 그렇듯, 이곳 사람들은 지금 굉장히 힘들고 괴로운 시간들을 보내고 있다.

하제는 옛날부터 배들이 많이 드나들던 큰 항구였다. 들고 나는 어선들이 새벽부터 북적이고 갓 잡아 온 싱싱한 고기들을 어판장에 넘기느라 분주하던 새만금의 대표적 항구들 중 하나가 바로 이곳이다.

"옛날에는 이 앞에서 조기며 갈치며 복어까지 안 나오는 고기가 없었습니다. 특히 꽃게가 아주 많았지요. 새만금의 고기란 고기는 죄다 우리가 잡았어요. 없는 게 없었으니까. 옛날에는……."

— 하제 어민 인터뷰 중에서

| 2006년 여름, 성난 어민. 가운데가 글쓴이

물고기뿐만 아니라 조개들도 굉장히 많았다. 백합, 동죽, 바지락도 많았지만 제일 많았던 건 노랑조개였다. 전국 최고의 노랑조개 생산지가 바로 하제였다고 한다.

그 모든 게 갯벌 덕분이었음은 말할 나위도 없다. 새만금은 예로부터 '칠산 어장'의 근원으로 이름이 드높았던 곳이다. 칠산 어장은 전남 영광 앞바다의 칠산도에서 위도를 거쳐 고군산군도에 이르는 해역인데, 어족자원이 풍성한 서해안의 대표적 황금어장이다. 그 모태가 되는 게 바로 새만금의 기름진 갯벌이었던 것이다.

갯벌이 어업의 근원이 되는 건 바다 생물의 약 70%가 갯벌에 알을 낳기 때문이다. 산란장인 동시에 어린 치어들의 요람인 새만금 갯벌이 없었다면 칠산 어장은 존재할 수 없었을 것이고, 하제항의 빛나는 전성기 또한 가능하지 않았을 것이다.

이곳 어민들이 바다에 나가서 버는 돈은 정말로 굉장히 많았던 것 같다. 집집마다 자동차가 2~3대씩 있었다고 하니 도시의 웬만한 부자들 못지않았던 셈이다. 어업 말고 다른 일을 하는 사람들도 꽤 있는 여느 어촌 마을과 달리, 하제에선 어업 종사자의 비율이 98%나 됐었다고 한다.

하지만 그렇게 많던 고기들이 방조제가 막히고 난 뒤부터는 눈에 띄게 줄어들었다. 갯벌에 들어가서 산란을 할 수가 없게 된 탓이다. 수문이 열렸을 때를 틈타서 안으로 들어가더라도, 새만금 갯벌은 이미 더 이상 갯벌이 아니었기 때문에 알을 낳지 못하는 건 마찬가지였을 것이다.

앞날이 불투명해진 어민들은 결국 정부 방침에 따라 배를 처분하기 시작했다. 하지만 감척 보상비(처분한 배에 대한 정부의 보상 금액)는 시세보다 훨씬 낮았고, 폐업 보상 역시 예전 수입에 비하면 쥐꼬리 수준이었다. 무허가 어선이나 작은 목선들은 그나마도 제대로 받지 못했다고 한다.

이제 하제항에선 예전 같은 활기와 분주함을 발견하기 어렵다. 하나둘씩 사라지는 어선들과 함께, 하제항의 화려했던 역사도 서서히 막을 내리고 있다.

하제를 포함해서 내초도나 어은리 같은 만경 지역의 어민들은 방조제가 완전히 막히기 전부터 극심한 피해를 입었다. 4공구가 막히자마자 제일 먼저 이 지역에 엄청난 변화가 찾아왔기 때문이다.

새만금 방조제는 4부분으로 나뉘어져 따로따로 공사가 진행되었다. 해창~가력도 구간이 제1공구, 가력도~신시도 구간이 제2공구, 신시도~야미도 구간이 제3공구, 그리고 야미도~비응도 구간이 제4공구다. 그중 제3공구가 제일 먼저 막혔고 그다음엔 4공구, 1공구, 2공구 순이었다.

3공구는 비교적 짧아서 그 구간을 막았을 땐 그리 큰 피해가 발생하지 않았다. 하지만 4공구가 막힌 뒤에는 만경 지역에 어마어마한 재앙이 닥치기 시작했다. 만경강이 싣고 내려오는 퇴적물들이 바닷물에 쓸려가지 않고 그대로 쌓여 버린 탓이다.

바닷물 역시 문제였다. 아직 트여 있던 해창~신시도 사이로 바닷물이 들어오면 동진 지역을 거쳐 만경 쪽으로 올라오는데, 4공구가 막혀 버리니까 그 바닷물들이 빠져나갈 곳이 없어서 호수처럼 고이게 된 것이다.

그렇게 고인 바닷물과 쌓여 가는 퇴적물로 인해 생겨난 게 바로

4공구는 만경 지역 모든 생명들에게 재앙을 안긴 죽음의 빗장이었다. ⓒ허철희

죽은 뻘, 일명 '죽뻘'이다. 만경 지역의 너른 갯벌은 순식간에 죽뻘로 뒤덮였고, 거의 모든 조개들과 게들을 한꺼번에 질식사시켜 버렸다.

엄청난 속도로 쌓이는 죽뻘 앞에선 갯생명들뿐 아니라 어민들 역시 손을 쓸 겨를이 없었다. 겨우 며칠 만에 초토화된 갯벌을 보며 경악한 어민들은 "죽음의 4공구를 터라"라고 목놓아 외쳐 댔지만 헛일이었다. 방조제는 너무나 단단했고 정부의 옹고집은 그보다도 훨씬 더 단단했으니까.

풍요롭던 만경 지역의 갯벌은 그렇게 사라졌다. 새만금의 앞날에도 죽음의 그림자가 짙게 드리워졌다.

하제 마을 바로 옆에는 미군기지가 있다. 제트기들이 비행 훈련을 하면서 내는 엄청난 소음이 시도 때도 없이 마을을 뒤흔든다. 어민들이 "우리가 엄마 뱃속에 있을 때부터 시끄러웠지"라고 말씀하시는 걸 보면 굉장히 오래전부터 있었던 모양이다.

제트기 소리는 정말 무시무시한 굉음이다. 하루에도 수없이 비행기들이 뜨고 내리기 때문에 마을은 늘 시끄럽고 주민들의 피해 또한 엄청나다. 말도 엄청 크게 해야 하고, TV도 볼륨을 왕창 높인 채 봐야 한다. 전화 통화마저 이불을 뒤집어쓴 채로 해야 한다니 나 같으면 정말 하루도 견디지 못할 것 같다.

그렇게 오랫동안 시달려 온 이 마을에 지금 더 슬픈 일이 벌어지고 있다. 미군 기지를 확장해야 하니 다들 마을을 떠나라는 청천벽력 같은 통보가 날아든 것이다. 고향을 지키기 위해 많은 분들이 애를 써 왔지만 버티기에도 한계가 있어서, 2013년이 되면 마을 전체가 텅 비게 될 거라고 한다.

북적대던 항구에서 쇠락한 어촌으로, 그것도 모자라 이젠 유령 포구로 변하게 될 하제 마을! 2009년에 갔을 땐 우리가 늘 쉬어 가던 둑방 위 천막마저 어디론가 사라진 뒤였다. 일부러 없앤 건지 바람에 날려간 건지는 확실치 않지만, 분명한 건 하제의 옛 모습들이 하나하나 사라져 가고 있다는 사실이다.

하제는 내 마음속에 영원히 남을 정겨운 항구다. 이제 그곳마저 사라지고 나면, 갯바람 향기롭게 불어오는 시원한 쉼터를 어디에서 또 찾을 수 있을까?

어민들을 위한 변명

간척이 망가뜨린 건 환경만이 아니다. 가장 불쌍하고 억울한 피해자는 다름 아닌 어민들이다. 삶의 터전을 잃고 생존의 위기를 겪고 있는 그들의 모습은 새만금 개발의 무모함을 보여 주는 생생한 증거들 중 하나다.

그런데 자칫하면 어민들을 잘못된 관점으로 바라보고 비판할 수도 있다. 새만금에 대한 다큐멘터리를 촬영한 이강길 감독님을 만나기 전까지는 나 역시 마찬가지였다. 감독님께 그간의 사정을 자세히 듣고 나서야 비로소 그분들에 대한 오해가 풀렸고, 새만금을 둘러싼 복잡한 갈등의 실마리를 잡을 수 있었다.

예전의 나를 포함해서, 사람들은 대개 이렇게 생각한다.

…옛날부터 새만금 지역에선 어민들이 고기를 잡고 조개를 캐며 살고 있었다. 그런데 간척 공사가 추진되면서 정부에서 '보상금을 줄 테니 어업을 포기하라'고 권한다. 뜻하지 않게 큰돈을 만지게 된 어민들은 다들 좋아라 하며 그걸 덥석 받는다.

그런데 찬찬히 따져 보니 다른 일을 해서 먹고 살기엔 그 돈이 턱없이 부족하고, 계속 어업을 하는 게 훨씬 낫다는 걸 뒤늦게 깨닫는다. 그래서 공사를 중단하라며 줄기차게 데모를 벌였지만 정부에선 '돈 받고 나서 왜 그러느냐'며 묵살한다…….

쉽게 말해서, 어민들이 산수를 제대로 못했다는 거다. 내가 남들 앞에서 새만금에 대해 목청을 높였을 때 돌아오는 반응은 늘 이런 식이었고, 결론도 한결같았다.

새만금 다큐 〈살기 위하여〉를 만든 이강길 감독과 함께

"어쨌든 돈을 받았으면 끝이지. 이제 와서 데모하는 건 좀 염치없는 거 아냐?"

그럴 땐 늘 대답이 궁했다. 현장에서 어민들의 얘기를 듣거나 처절한 시위 모습을 보면 늘 안타까웠고 응원해 드리고 싶었지만, 친구들과 새만금 얘기를 하면서 하나하나 논리적으로 따져 보면 솔직히 짜증이 날 때도 많았다. 약삭빠르게 돈만 좇아다니다가 손해 볼 것 같으니까 환경 파괴를 구실로 떼를 쓰는 거 아닌가 싶기도 했다.

그러면서도 마음 한 켠에선 내 생각이 분명히 잘못되었을 거라는 의심이 가시지 않았다. 그토록 열성적으로 몸을 내던져 가며 몇 년째 새만금을 지키기 위해 노력하는 분들이 그렇게 얄팍하고 이기적일 리가 없다는 믿음 때문이었다.

그래서 감독님께 한동안 풀리지 않던 내 마음속 고민을 털어놓았다. 그때 들었던 얘기들과 훗날 어민들로부터 들은 얘기들을 여러분과 함께 나누고 싶다.

새만금 간척 사업은 1987년 대통령 선거 때 노태우 후보가 전북

사람들에게 표를 얻기 위해 내세운 공약이었다. 1991년부터 방조제 공사가 시작됨에 따라 이 지역의 모든 연안 어장과 갯벌은 조만간 사라질 운명에 처하게 되었다.

정부에선 간척으로 인해 생업을 잃게 될 어민들에게 보상금을 주기로 했다. 양식업을 하던 사람들은 몇 억씩 보상금을 받았지만, 신형 어선으로 고기를 잡거나 맨손 어업을 하는 어민들은 겨우 몇 백에서 많아 봐야 몇 천 수준이었다.

액수가 적다고 항의하거나 보상을 거절하는 건 가능하지 않았다. 당시 새만금 사업이 전국적 관심거리였고, 특히 전북 지역에선 도민들 모두가 장밋빛 미래를 꿈꾸며 기대에 부풀어 있었다. 게다가 그때만 해도 정부가 진행하는 '국책사업'은 반대할 수 없다는 인식이 일반적이었기 때문에, 힘없는 어민들로서는 찬반을 얘기하는 것 자체가 불가능했다.

정부는 보상금에 불만을 지닌 어민들에게 "돈을 받건 안 받건 어차피 공사는 진행될 테니 알아서 하라"는 식의 고압적 태도를 보였다. 결국 어민들로서는 울며 겨자 먹기로 돈을 받을 수밖에 없는 상황이었던 것이다.

하지만 그 돈은 다른 곳으로 이주하여 새 출발을 하기엔 너무나도 적은 액수였다. 거액의 보상을 받은 사람들은 미련 없이 새만금을 떠났지만, 그렇지 못한 어민들은 보상금을 받은 뒤에도 계속 배를 타거나 조개를 캘 수밖에 없는 형편이었다.

"외지 사람들은 우리가 다들 몇 억씩 받은 줄 아는데, 그때 우리 위원장이 받은 보상금이 230만 원이었어요. 나는 260 받았고. 나 그거 며칠이면 벌어요. 갯벌에만 나가면 진짜 1주일이면 번다니까! 그런데 그걸 보상이랍시고 주면서 이제 아무 일도 하면 안 된다는 거예요. 받았으면 땡이라 이거예요.

우리 보상 이야기는 하지 맙시다. 창피해서 말하기 싫어요. 끝까지 안 받았어야 하는데! 받아 놓고 왜 지랄들이냐고들 하니까 이제 그만해야 쓰겠어."

— 어민 인터뷰 중에서

그 후 새만금 간척은 경제성이나 실용성이 없다는 숱한 연구보고서에도 불구하고 계속 추진되었다. 그렇게 바다가 막혀 가면서 갯벌에 기대어 사는 어민들 역시 숨이 턱턱 막혀 갔다. 특히 4공구가 막히고 만경 지역에 죽뻘이 쌓인 뒤엔 갯벌에서 살아 있는 생명들을 거의 찾아볼 수가 없게 되었다.

갯생명들과 함께 갯벌에 뼈를 묻어야 할 절박한 상황이 되고 보니, 어민들로서는 최후의 선택을 할 수밖에 없었다. 죽느냐 사느냐! 그리하여 수많은 어민들이 죽기 살기로 반대 운동에 나서게 되었던 것이다.

바닷길 걷기 도중 어민들을 만나 보상에 관한 질문을 하면 대개는 말끝을 흐리거나 입을 꾹 다물어 버린다. 두 번 다시 생각하고 싶지 않은 과거를 왜 건드리느냐는 듯……. 어떤 분은 한동안 애꿎은 담배만 태우다가 이렇게 말씀하셨다.

어민들의 새만금 반대 시위는 더 이상 망설일 수 없는 최후의 선택이었다. ⓒ허철희

"우리가 잘못했다고 말해야 해요. 그래, 우리가 돈 받았다! 그런데 그게 너무 잘못됐다! 이걸 인정해야 한다고요. 그래서는 안 되는 거였어요. 새만금이 우리에겐 생명의 끈이었는데, 몇 푼 안 되는 보상금을 받고 그 끈을 놔 버렸잖아요."

이강길 감독님께 자세한 설명을 듣기 전엔 이런 애기도 가끔 고깝게 들렸다. 계속 눌러앉아 있었으면 큰돈을 벌 수 있었는데, 괜히 작은 돈 탐내다가 큰돈을 날려 버렸다는 뜻으로만 이해를 했던 것이다.

하지만 이젠 그분들의 마음을 알 것 같다. 소중한 바다와 갯벌을 푼돈에 팔아넘겼다는 뼈저린 자책과 후회를 이해할 수 있을 것 같다. 얼마나 가슴이 미어지겠는가. 죽음의 땅으로 변해 버린 삶의 터전 앞에서.

보상금은 아마도 새만금 어민들이 평생 벗을 수 없는 멍에일 것이다. 하지만 그들에겐 선택의 여지가 없었고, 조만간 닥칠 재앙에 대해서도 알지 못했다. 지금 겪고 있는 고통은 마지못해 받았던 보상금의 업보라고 하기엔 너무나 크고 가혹하다. 그러니 더 이상 그들에게 돌을 던지지 말자.

어부로 살고 싶다

계화도에서 하룻밤을 묵고 다시 걷다 보면 문포라는 항구 마을에 닿는다. 항구 입구엔 아주 큰 창고가 하나 있는데, 문이 뻥 뚫려 있어서 바람도 잘 통하고 햇볕도 피할 수 있기 때문에 잠깐 눈을 붙이기에 딱 좋은 곳이다.

알고 보니 그곳은 원래 창고가 아니고 어판장이었다고 한다. 지금은 잡히는 고기가 별로 없어서 사용하지 않고 있지만, 한때는 그 안에 갓 잡아 팔딱거리는 싱싱한 생선들이 바리바리 쌓여 있었을 것이다.

2008년에 어판장에서 쉬고 있을 때 어민들 몇 분이 우릴 격려도 할 겸 얘기도 나눌 겸 해서 들르셨다. 그분들이 들려주신 문포의 과거는 다들 넋을 잃고 들을 만큼 풍요롭고 넉넉한 것이었다.

"공사 전까지만 해도 여기에선 꽃게, 전어, 숭어, 멸치, 망둥어까지 안 잡히는 고기가 없었어요. 특히 동진강 유역의 어떤 지역들보다 우리 동네 새우젓을 알아줬어요. 문포 새우젓이라고 하면 다들 두 말 없이 지갑을 열곤 했으니까."

"꽃게를 주체 못해서 발로 차고 다닐 정도였고, 노랑가오리도 리어카에 싣고 가면 땅에 질질 끌릴 정도였지. 멸치들은 또 얼마나 많은지 그물이 끊어질 정도였어요. 게가 그네 타는 거 못 봤죠? 만조가 되는 보름날 밤이면 갈게들이 그네를 타요. 갯가 나문재를 타고 올라가서 흔들흔들 그네를 타는 거야."

"작업 나가면 가만히 배를 대고 있기만 해도 하루에 70~80만 원씩 벌었죠. 그 당시 거래 전표를 지금도 갖고 있어요. 그땐 정말 잡아 올린 고기들을 주체를 못 했다니까. 종류별로 일일이 가릴 수도 없어서 삽으로 그냥 퍼낼 때도 많았어요."

그분들은 "예전엔 물이 워낙 깨끗해서 적조 같은 건 구경도 못 해봤다"고 입을 모았다. 그런데 바다가 막히고 유속이 느려지면서 일 년에 열 달씩 적조가 보일 만큼 수질이 나빠졌고, 그로 인해 어종이 빠르게 고갈되었다는 것이다. 갈게가 그네를 타고 농게와 칠게가 지천이던 갯벌은 풀들만 우거진 곳으로 바뀌었다. 이제 고기나 조개를 잡으려면 아주 멀리까지 나가야 한단다.

하지만 방조제 바깥도 상황이 나쁜 건 마찬가지다. 방조제에서 한참 멀리 떨어진 변산 앞바다의 위도까지도 죽뻘이 쌓이고, 조개 양식장에서도 종종 폐사가 일어난다고 한다. 바다와 갯벌의 정화 시스템이 무너지면서 방조제 안팎이 한꺼번에 망가지고 있다는 증거다.

"문포에선 어촌계원들 중 2/3가 농민으로 전환을 했어요. 실질적인 어민들은 이제 몇 명 안 돼요. 일 년 내내 어업하는 사람은 겨우 10명 정도? 그 사람들도 앞으로 어디 가서 고기를 잡아야 할까 고민들이 많아요."

하지만 어업을 그만둔 분들이건 계속하는 분들이건 마음은 한결 같다. 언젠가 꼭 다시 건강한 바다와 갯벌을 되찾고 싶다는 것! 비

| 마른 갯벌 위에서 녹슬어 가는 고깃배. 허허롭게 뚫린 창이 어부들의 속마음 같다.

린내 희미한 창고에서 옛 이야기를 들려주는 문포 주민들의 쓸쓸한 눈빛이 내게 그렇게 말하고 있었다.

우리가 새만금을 찾을 때마다 늘 반겨 주는 종덕이 아저씨는 원래 어부였다. 바다가 막힌 뒤엔 고기잡이를 포기하고 한동안 술을 팔러 다녔는데, 지금은 다시 어선에 올라 그물을 잡는다.

물론 어획량이 예전 같을 리 없다. 게다가 남의 배에서 선원으로 일하기 때문에 수입은 영 신통치 않지만, 그래도 표정이 눈에 띄게 밝아 보였다. 역시 어부는 바다 위에 있을 때 제일 행복하고 힘도 팍팍 솟는 모양이다.

"우리 아버지도 배를 부렸고, 할아버지도 배를 부렸고, 나도 배를 탔고……."

한번 어부는 영원한 어부! 그게 어디 아저씨만의 생각이고 바람이겠는가? 수많은 어민들이 그렇게 살아왔고 또 그렇게 살고 싶어 한다. 속이 시커멓게 타들어 가면서도 여전히 그물을 놓지 못하는 사람들이 새만금엔 아직도 굉장히 많다.

그분들이 그렇게 버틸 수 있는 건 아직 버리지 않은 희망이 있기 때문이다. 어판장에서 만난 문포의 어민들 역시 마찬가지였다.

"결국엔 시화호처럼 해수 유통 하지 않겠어요? 똑같이 바다를 막아 놨으니 결과도 당연히 똑같을 거고, 그럼 바닷물 다시 들이는 거 말고는 방법이 없잖아요."

"나는 희망이 있다고 보거든. 해수 유통 당연히 해야죠. 할 거라고 믿어요."

바로 이게 어부들이 낡은 그물처럼 꼭 움켜쥐고 있는 희망이다. 그들이 그 억센 손을 펴지 않는 한, 새만금에서 희망이 사라지는 일은 결코 생기지 않을 것이다.

마구잡이 조개잡이

조개를 비롯한 '갯것' 들을 손으로 직접 잡는 걸 맨손 어업이라고 한다. 새만금의 맨손 어업은 주로 여성 어민들에 의해 활성화되었다. 어선을 타는 것보다 수입은 못하지만 대신 투자금이 필요 없고, 조개가 억수로 많다 보니 수확량도 엄청나서 살림에 한몫을 단단히 해 왔다.

맨손 어민들은 말 그대로 갯벌과 생사를 같이하는 분들이다. 드넓은 갯벌의 지형을 뒷마당처럼 주르르 꿰는 건 물론이고, 갯생명들의 위치와 분포에 대해서도 모르는 게 없다. 게다가 갯벌 생태계의 변화까지 실시간으로 파악하고 있으니 갯벌에 대해서는 최고의 전문가라 할 만하다.

맨손 어업 얘기를 할 때 제일 먼저 떠오르는 건 갯벌 한복판에서 백합을 잡는 아주머니들이다. 그분들은 매일 썰물에 맞춰 삼삼오오 트랙터를 타고 갯벌로 나간다. 입구에서 30~40분 거리에 있는 먼 갯벌이 그분들의 작업장이다. 등 뒤에 매는 바구니인 '구럭' 과 조개 잡는 도구인 '그레' 만 있으면 다른 도구는 전혀 필요 없다.

그레는 미술 시간에 사용하는 이젤의 다리처럼 생겼다. 삼각형의 틀 밑부분엔 금속으로 된 날이 달려 있는데, 그걸로 갯벌을 훑는 것이다. 천천히 뒷걸음질 치면서 갯벌 바닥을 훑다 보면 뭔가 '딸깍'

하고 걸리는 느낌이 든다. 목표물이 걸려든 것이다.

아주머니들이 그레질하는 걸 보면 굉장히 쉬워 보인다. 조금 훑다가 한 마리, 또 조금 훑다가 한 마리. 세상에 저렇게 간단한 일이 또 있을까 싶다. 하지만 조개가 걸릴 때의 미세한 느낌을 정확히 알아채려면 많은 경험과 노하우가 필요하다. 멋모르고 덤볐다간 소득 없는 쟁기질만 하다가 밀물을 만나게 된다.

갯벌이 숨 쉬어야 어민도 숨 쉰다. ⓒ허철희

나도 아주머니들을 따라가서 몇 번 해본 적이 있는데, 갯벌을 훑다 보니 힘 조절이 안 돼서 날이 자꾸 뻘 위로 떠올랐다. 간간이 조개가 걸리더라도 그걸 그레로 들어 올리는 게 또 생각만큼 쉽지 않았다.

하긴, 보는 거랑 하는 게 똑같으면 세상에 달인이라는 건 존재하지 않을 것이다. 그레를 잘 쓸 수 있다는 건 달리 말하면 갯벌이 인간에게 내주는 '채취 면허증'을 갖고 있다는 뜻이다.

그레는 참 자연친화적인 도구다. 뻘을 계속 훑어 주기 때문에 갯벌이 숨을 쉴 수 있게 되고, 갯벌은 풍성한 갯생명들을 키워서 거기에 보답한다. 그레에 실어 보낸 갯벌의 대표적 선물이 바로 새만금의 명품이었던 백합이다.

하지만 바다가 막힌 뒤부터는 선물도 뚝 끊기고 말았다. 한번 나가면 몇 바구니씩 수북이 쌓였던 백합이건만, 지금은 밀물이 코앞에 올 때까지 죽어라 그레질을 해도 1/3도 못 채운다.

백합 가뭄이 갈수록 심해지자 몇몇 사람들은 편법을 동원하기 시작했다. 어차피 마지막이라는 자포자기의 심정이 갯벌에 대한 배신을 낳은 것이다. 그리하여 새만금 어업의 역사에서 가장 파괴적 병기인 '딸딸이'가 탄생하게 된다.

딸딸이는 넓은 스티로폼 판 위에 양수기를 올려놓고 소방 호스를 달아서 만든 기계다. 흔히 '뻠뿌선'이라고 부르는 조개잡이 배를 본떠서 만든 작품이다.

뻠뿌선(형망 어선)은 자루그물이 달린 '형망'이라는 사각형 틀을 매단 배인데, 형망으로 갯벌을 쓸면 강한 압력 때문에 갯벌이 파헤쳐지면서 조개들이 튕겨 나온다고 한다. 그러면 그물을 이용해서 한꺼번에 쓸어간다는 것이다. 어획량은 굉장하지만 조개들의 산란처를 완전히 망가뜨리기 때문에 사용이 엄격히 제한되어 있다. 말 그대로 갯벌을 '일회용'으로 소비하는 꼴이니까.

딸딸이도 원리는 비슷하다. 양수기로 물을 끌어올려서 호스로 내뿜으면 강한 물줄기가 갯벌을 강타하여 뻘을 파헤친다. 그러면 백합을 포함한 숱한 생물들이 물 위에 떠올라 미리 쳐 놓은 그물 속으로 들어간다.

2009년에 메마른 거전갯벌에 차를 타고 들어간 적이 있었다. 저 멀리 물이 차 있는 곳에서 몇몇 사람들이 딸딸이로 조개를 잡고 있는 게 보였다. 물 빠지기를 기다렸다가 일하는 그레질과 달리 딸딸이는 물이 차 있어야 작업이 가능하기 때문에, 가슴까지 차오른 물속에 들어가 있는 것이었다.

그때는 이미 갯벌에서 조개들이 전혀 보이지 않을 때였다. 그래서 돈벌이는커녕 기계 만드는 비용만 허비할 거라고 짐작했지만 웬걸! 그렇지가 않았다. 갯벌이 멀쩡하던 때보다 수입이 더 많다는 것이다. 갯벌 표면 바로 밑에 있는 조개들만 잡던 예전과 달리 깊은 곳까지 깡그리 파헤쳐서 그런 모양이다.

딸딸이가 최악의 병기인 이유는 바로 거기에 있다. 그런 식으로 무지막지하게 파헤치면 조개들이 갯벌에서 살아가는 건 완전히 불가능해진다. 딸딸이로 쏘아 대는 물의 수압은 소방차의 물대포보다도 훨씬 강력하다고 한다.

문득 미국산 쇠고기 수입을 반대하는 촛불시위 때 경찰이 시민들에게 물대포를 쏘던 장면이 떠오른다. 당시 건장한 남자들이 물대포의 위력에 못 이겨 넘어지고 쓰러지는 모습을 동영상에서 보았다. 사람도 그 지경인데 그보다 훨씬 센 물대포를 맞는 갯생명들은 얼마나 고통스러웠을까?

딸딸이가 거전갯벌에 남긴 상처는 2008년에 이미 목격한 바 있다. 마치 커다란 구슬들이 박혔다가 빠진 것처럼, 마른 갯벌 여기저기에 움푹 파인 자국들이 널려 있었던 것이다. 달에 있는 크레이터를 연상시키는 그 자국들을 보니 꼭 달나라에 온 것 같은 기분이 들었다.

| 갯벌인가, 전쟁터인가!

작년까지만 해도 평평한 곳이었는데 왜 이런 게 생겼지? 하늘에서 운석이 떨어졌나? 혹시 수질오염 때문에 생겨난 괴물의 흔적 아닐까? 우리는 크레이터들을 꼼꼼히 관찰하며 온갖 추리들을 늘어놓기 시작했다.

최종적으로 내린 결론은 물대포였다. 딸딸이로 인한 피해가 제일 큰 지역이 심포(거전갯벌 앞마을)라는 얘길 들었던 터라, 저 구덩이들도 물대포의 흔적일 거라고 짐작한 것이다.

그 생각이 옳았음을 확인하는 데는 그리 긴 시간이 걸리지 않았다. 하지만 추리에 성공했다는 만족감보다는 딸딸이의 가공할 위력을 확인한 데서 오는 씁쓸함이 훨씬 더 컸다. 한바탕 격전이 벌어졌던 전쟁터에 남은 황량한 흔적 같았다.

딸딸이를 이용해서 잡는 백합은 품질이 떨어진다고 한다. 그레질을 하면 싱싱한 상태 그대로 캐낼 수가 있는데, 강제로 갯벌을 파헤치면 백합들이 상처를 입기 때문에 쉽게 썩어 버린다는 것이다.

딸딸이로 조개를 잡는 어민들이 그리 많지는 않다. 그렇더라도 자기들을 먹여 살려 온 어머니 같은 갯벌을 망가뜨리는 걸 보면 너무나 화가 나고 분통이 터진다. 모든 걸 내주고도 모자라 이젠 뼈와 살점까지 내줘야 하는 새만금 갯벌이 못내 가여울 따름이다.

물대포로 갯벌을 쏘아 대는 어민들도 마음이 편치는 않을 것이다. 옆에서 바라보는 어민들 역시 속상한 건 마찬가지다. 하지만 지금처럼 막막한 상태에서는 누구도 그걸 말리거나 나무랄 수가 없단다. '불법'을 저지르고 있는 건 다들 마찬가지니까. 안하 마을의 한 어민은 이렇게 말씀하신다.

"사실 이거(새만금 내해에서의 어업) 걸리면 벌금이 500만 원이여. 하지만 지금 우린 건드릴 테면 한번 건드려 봐라 하는 식이거든. 가령 내가 꽃게를 몇 마리 잡았다고 쳐. 그물에 걸린 걸 버릴 수도 없고 어떡해? 잡아야지. 그런데 해경에서 나보고 '당신 왜 꽃게 잡았어?' 하면 어떻게 되겠어? 지금까지 억누르고 억누르면서 참았던 감정들이 한꺼번에 폭발해 버린다 이 말이야.

이 사회에서 제일 밑바닥에 있는 게 뱃사람들이야. 뱃놈들이라구. 이 사람들이 한번 폭발하면 뵈는 게 없어. 이젠 어차피 죽기 살기 아니겠어? 그러니까 관청에서도 새만금 내측 어민들은 되도록 도와주려 하고 함부로 건드리질 않아요."

결국 문제의 근원은 한 가지다. 어민들의 불행도, 갯벌에 대한 배신도, 그리고 선량한 사람들의 불법도 따지고 보면 다 바다가 막혀서 생긴 일들이다.

원인이 분명하면 해결책도 분명한 법인데 그걸 외면하고 있으니, 크레이터보다도 깊이 파인 어민들의 상처는 언제쯤이나 아물 수 있을까?

쓰레기장으로 내몰린 갯사람들

만경강 유역의 끝자락인 내초도는 4공구 완공 이후 제일 먼저 죽뻘의 피해를 입었던 곳들 중 하나다. 2장의 '거북이 섬 이야기'에서 잠깐 얘기한 것처럼, 그 후 그분들의 삶은 너무나 슬프고 비참하게 변해 버렸다.

한동안 막막했던 주민들이 가까스로 찾아낸 생계 대책은 쓰레기 매립장에서 일용직으로 일하는 것이었다. 썩은 내가 풀풀 나는 쓰레기들 속에서 하루 종일 일했지만 수입은 예전과는 비교도 안 될 만큼 적었다. 자리도 얼마 없어서 연세가 많은 분들은 아예 받아주질 않았다고 한다.

쓰레기 매립장 일이 끊긴 뒤에는 내초도 공원에 잔디 심는 일이 주어졌다. 그것도 공원 측에 사정을 해서 겨우 따낸 일이었다고 한다. 마을 앞에 조성하는 공원이니 마을 주민들이 일해야 하지 않겠느냐고 졸라서 말이다.

그분들은 하루 종일 땡볕에 쪼그리고 앉아서 본인들은 거의 밟아 보지도 못할 잔디를 심는다. 웬만한 알바보다도 못한 돈을 받아 가면서. 그나마도 지속적으로 하는 게 아니라 3개월씩 교대로 해야 한다. 너른 갯벌에서 일하며 취업난이라는 말 자체를 몰랐던 분들에게 이게 대체 무슨 날벼락일까?

다른 지역들 역시 사정은 마찬가지다. 조개잡이의 달인이었던 거전의 아주머니들은 김제시 광활면의 감자 농가에서 일용직으로 일하신다. 비닐하우스라 낮엔 더워서 일을 못 하기 때문에 새벽 4시에 일찌감치 집을 나서야 한다.

계화도의 고은식 아저씨도 방조제가 막힌 뒤부터는 어업을 중단하고 택배 기사를 하신다. 지금 그들 가족은 계화도를 떠나 부안에서 살고 있다. 누구보다 바다를 사랑하던 이들마저 바다를 떠나야 할 만큼 절박한 게 새만금의 현실이다.

계화도 주민들 중엔 섬진강 댐 건설 당시 수몰 지역에서 이주해 온 사람들이 많다고 한다. 고향을 잃고 타향으로 흘러와서 이제 겨우 정착하나 싶었는데 또다시 떠밀려 가야 하다니! 이제 그들은 어디로 가야 하는 걸까?

농림부가 어민들에게 생계 대책이라며 일자리를 마련해 준 적도 있었다. 한동안 여러 언론에서 물막이 공사 이후 새만금 어민들의 비참한 삶을 잇달아 보여 주곤 했는데, 그것 때문에 좀 신경이 쓰였던가 보다.

그렇게 시작한 일들 중 하나가 바로 앞에서도 말했던 나문재 씨 뿌리기였다. 이 일 역시 지원자가 너무 많아서 교대 근무를 했다고 한다. 받는 돈도 쓰레기 매립장보다 약간 많긴 했지만 결국 거기서 거기였다.

또 한 가지는 갯벌 감시였다. 갯벌은 이미 바짝 말라 있었지만 그 안에서 당장 공사판을 벌이는 건 아니기 때문에 그냥 텅 빈 황야로 남아 있었다. 그러자 양심 없는 몇몇 사람들이 쓰레기를 마구 내다 버리기 시작했다. 그걸 감시하는 게 어민들에게 맡겨진 새로운 일거리였던 것이다.

작업 조건으로만 본다면 쓰레기 매립장보다는 한결 나았겠지만, 그것도 마음 편한 일은 아니었을 것 같다. 메마른 갯벌을 하루 종일 쳐다보고 있어야 하기 때문이다. 내초도갯벌 입구에서 보초를 서고 있는 어민들 몇 분을 만난 적이 있는데, 그냥 씁쓸하게 웃기만 할 뿐 별다른 말씀들이 없으셨다.

지금 새만금의 어민들은 크게 세 부류로 나뉘는 것 같다. 첫 번째는 여전히 해수 유통을 기다리며 희망의 끈을 놓지 않는 사람들이다. 예전에 비해 숫자가 줄긴 했지만 이런 분들은 아직 많이 있고, 이분들을 만나면 마음이 한결 든든하다.

두 번째는 간척 공사가 끝나고 나면 지금보다 잘살게 될 거라고 믿는 분들이다. 나야 당연히 동의하지 않지만, 아무튼 내일에 대한 기대가 있으니 본인들로서는 딱히 답답한 건 없을 것 같다.

제일 걱정스러운 건 아무런 희망도 없고 기대도 없는 분들이다. 갯벌에 대해 얘기하면 "이제 다 끝났지 뭐"라고 말하고, 해수 유통에 대해 말하면 "그게 되겠어?"라고 되묻는다. 그렇다고 뭔가 뾰족한 계획이 있는 것도 아니다. 모든 걸 체념한 듯 보이는 그분들의 얼굴엔 피로감과 상실감만이 짙게 배어 있다.

삶의 의욕을 깡그리 잃은 이런 분들을 만나면 걱정스러운 걸 넘어서서 가끔 무섭다는 생각이 든다. 사람이 이렇게까지 무기력해질

| 풀밭으로 변해 버린 내초도갯벌 입구의 물고기 조각상. 241쪽에 옛 모습이 실려 있다.

수도 있다는 게 선뜻 믿기지 않을 정도다. 얼마 전까지만 해도 부지런하게 일하면서 소박한 꿈도 한두 개쯤 갖고 살던 분들일 텐데.

아무리 걱정하고 위로한들 내가 그분들께 도움이 될 것 같지는 않다. 그래도 한 가지는 기억해 주면 좋겠다. 새만금은 아직 끝나지 않았다고 믿는 사람들이 세상엔 아직도 많다는 것을!

5장 슬픔, 그리고 희망

©정진문

눈을 부릅뜬 해창의 장승들

| 2006년 해창 장승벌에서

"새만금 갯벌을 살려 주세요. 어부들이 다시 살 수 있도록, 도요새가 다시 쉴 수 있도록……."

2006년 바닷길 걷기 마지막 날에 해창의 장승벌에서 내가 정성껏 썼던 문구다. 울고 웃어 가며 최종 목적지인 해창까지 온 우리는 저마다 하고 싶은 얘기들을 노란 띠에 적어서 장승들에게 매달아 주었다.

"해수 유통시켜 살아 있는 갯벌에서 모두가 웃으며 살자."

"증언하라! 메마른 갯벌 위의 학살을."

혹은 간절하고 혹은 날선 문구들! 다들 하고 싶은 말들이 참 많아 보였다. 그렇게 모두의 마음이 담긴 띠들이 장승들의 몸통에 단단히 묶였다.

바닷바람이 장승벌을 휘감았다. 갯벌 위에서 우리의 소망들이 일제히 깃발처럼 펄럭였다.

| 해창갯벌에 갓 세워졌을 무렵, 밀물을 딛고 우뚝 선 장승들의 늠름한 모습 ⓒ허철희

해창갯벌에 장승들이 들어선 건 아주 오래전이다. 2000년에 환경단체들과 최병수 작가님께서 새만금 보존을 천지신명에게 빌기 위해 세웠다고 한다. 그때부터 해창은 새만금 지키기 운동의 상징적 장소가 되었고, 우리 역시 매년 빼놓지 않고 들른다. 이곳에 오면 왠지 행동이 조심스러워지고 마음도 경건해지는 것 같다.

장승들이 가장 빛나는 순간은 밀물 때였다. 찰랑거리는 바닷물에 다리를 담근 채 도열해 있는 모습이 마치 새만금을 구해 주러 온 바다의 특공대처럼 보이곤 했다. 새만금 대장군과 갯벌 여장군이 천둥 같은 포효와 함께 물 밖으로 솟구칠 것만 같았다.

장승들이 있으면 당연히 솟대들도 있기 마련이다. 꼭대기엔 새만금의 터줏대감인 게, 도요새, 망둥어 등이 올라앉아 있다. 작은 배도 한 척 올라가 있는데, 배를 타는 어민들도 새만금에서 살아가는 생명들 중 하나니까 당연히 빠뜨릴 수 없었을 것이다.

장승벌 한쪽 끝에는 뭔가 이국적인 느낌을 주는 장승이 하나 있다. 비석처럼 직사각형인 데다 낯선 문양까지 새겨져 있는 걸 보면 우리나라 것이 아닌 건 확실하다. 여느 새들과는 사뭇 느낌이 다른 독특한 분위기의 새를 올려놓은 솟대도 보인다.

그건 둘 다 뉴질랜드의 원주민 부족인 마오리족의 작품이다. 장승은 2001년에 한국으로 보내 왔고, 솟대 위의 새는 2002년에 직접 한국에 와서 만들었단다. 그들은 왜 머나먼 한국의 새만금에 그렇게 관심이 많았던 걸까?

마오리족은 스스로를 도요새의 후손으로 여긴다. 우리가 곰의 후손인 것처럼 말이다. 뉴질랜드는 호주와 더불어 전 세계의 도요새들이 겨울을 나는 곳인데, 봄에 도요새들이 떠나가면 부족의 정신적 고향으로 돌아가는 것으로 여기고 정성껏 배웅한다. 그들에게 도요새는 단순한 철새가 아니라 조상들과 후손들을 잇는 신성한 전령인 것이다.

새만금은 뉴질랜드를 오가는 도요새들에게 생명과도 같은 중간 기착지다. 그러므로 새만금 갯벌이 사라질 위험에 처했다는 건 마오리족에겐 심각한 문제일 수밖에 없다. 그들이 한달음에 한국으로 달려와서 새만금 지키기에 힘을 보탠 건 그 때문이다.

해창갯벌의 마오리족 장승은 새들의 수호신인 '티푸나 타네'다.

그리고 솟대 위의 새는 마오리족의 조상새인 쿠아카(큰뒷부리도요)다. 솟대를 세우러 온 해창에서 큰뒷부리도요들의 군무를 보았을 때, 그들은 정말로 조상들을 만난 것처럼 기뻐했었다고 한다.

그날 그들은 수호신 앞에서 마오리족 고유 언어로 주문을 외웠다. 세상의 모든 생명들을 축복하고 하늘과 땅과 바다의 영원한 균형을 기원하는 내용이었단다. 부디 그 주문이 영험을 발휘하여 새만금을 위험에서 구해 주면 좋겠다.

새만금을 찾은 외국 원주민들 중엔 캐나다 인디언 부족인 '치할리스 밴드'도 있었다. 선조들로부터 내려오는 영적인 힘에 이끌렸다는 게 그들의 방문 이유였다고 한다. "아이들이 자연을 누릴 권리를 지키기 위해 싸운다"는 추장 웨카의 말이 참 고맙게 느껴진다. 그들이 새만금을 찾았던 2002년엔 나도 아직 어린아이였으니까.

하지만 이토록 많은 사람들의 기원에도 불구하고 새만금은 갈수록 메말라만 갔다. 모든 갯벌들을 덮친 죽음의 가뭄은 해창에서도 예외가 아니었다.

해창갯벌은 이제 더 이상 갯벌이 아니다. 조개껍데기들이 여기저기 쌓여 있고 굵은 모래들이 울퉁불퉁 깔려 있는 황량한 벌판일 뿐이다. 따개비들이 잔뜩 붙어 있던 장승들의 몸엔 마른 먼지가 두껍게 쌓여 있다.

새만금을 지켜 내지 못한 장승들은 분위기마저 달라졌다. 더 이상 예전처럼 꼿꼿하게 서 있지 못하고 우두커니, 또는 비스듬히 서 있다. 몇몇은 서 있을 힘조차 잃은 듯 모래 위로 풀썩풀썩 쓰러져

방조제 완공 뒤 대형 버스가 드나들 정도로 메말라 버린 장승벌. 맨 오른쪽에 세워 놓은 배의 왼쪽에 있는 게 마오리족의 장승과 쿠아카 솟대다.

간다. 한때는 더없이 늠름했고 한때는 희망으로 펄럭였던 장승들이 그렇게 무너지는 걸 보니 가슴 한구석이 못 견디게 아려 온다.

하지만 나는 생각한다. 지금 우리가 바라보아야 할 것은 쓰러진 장승들이 아니라 여전히 서 있는 장승들이라고! 노란 띠에 또박또박 적었던 나의 소망은 절대 포기할 수 없다고! 그러고 보니 솟대 위의 도요새들도 활짝 편 날개를 아직 접지 않고 있다.

우리가 바닷길을 걷기도 전인 2000년에 이곳 해창에선 매향제가 열렸었다고 한다. 이 지역 사람들의 소망을 담은 향나무(매향목)를 갯벌에 묻는 의식인데, 훗날 그 소원이 이뤄지고 나면 후손들이 매

항목을 꺼내 향을 만들고 제를 올리게 된다.

당시 새만금 사람들은 하늘을 향해 "바다도 살고 산도 살고 새도 살고 사람도 사는 좋은 세상 활짝 열어 주시옵소서"라고 소원을 빌었다고 한다. 지금도 해창갯벌에 묻혀 있을 그 향나무를 다시 꺼내게 될 날은 과연 언제쯤일까?

생명들을 껴안은 삼보일배

새만금을 살리려는 노력은 많은 사람들에 의해 끊임없이 이어졌다. 어민들, 환경단체, 종교단체, 대학생들, 예술가들……. 그중에서도 가장 감동적이었던 건 2003년의 '삼보일배'였던 것 같다.

삼보일배는 세 걸음 걷고 한 번 절하는 불교의 수행법이다. 자료를 찾아보니 '1보에 이기심과 탐욕을 멸하고, 2보에 속세에 더럽혀진 진심을 멸하고, 3보에 사치하는 마음을 멸한다' 라고 나와 있다. 한 번 절할 때는 '자신이 지은 모든 나쁜 업을 뉘우치고 깨달음을 얻어 모든 생명들을 돕겠다는 서원'을 한다.

문규현 신부님과 수경 스님께서 새만금을 살리겠다는 일념으로 시작하신 삼보일배의 출발지는 새만금의 해창갯벌이었다. 거기에서 서울까지 장장 312km를 걷고 절하고 또 걷고 절하며 65일이나 걸려서 올라가셨던 것이다.

삼보일배에 대해 처음 알게 된 곳은 지리산이었다. 지리산을 등반하는 환경캠프에 갔었는데, 저녁 때 삼보일배에 대한 비디오를 틀어 줬다. 그때만 해도 난 새만금이 뭔지도 몰랐고 내레이션도 죄다 한 귀로 듣고 한 귀로 흘리는 중이었는데, 갑자기 묘한 장면이 화면에 나왔다. 스님과 신부님이 도로 한복판에서 절을 해가며 걷는 것이었다.

처음엔 그냥 멀뚱멀뚱 보기만 했다. 그런데 잠시 후 두 분의 얼굴이 화면에 클로즈업되었다. 그을리고 깡마르긴 했지만 그분들의 눈에서는 정말 단 한 치의 흐트러짐도 보이지 않았다. 뭔가 굉장하다는 느낌이 처음으로 가슴을 스쳤다. 아! 어떻게 사람이 저토록 근엄해 보일 수가 있을까?

휴식을 위해 가끔 길가에 누우실 때는 쉬는 게 아니라 기절한 사람처럼 보였다. 그때마다 사람들이 달려와서 마사지를 해드리곤 했다. 당장 들것에 실어서 응급실로 옮겨야 할 것 같았지만, 두 분은 매번 거짓말처럼 다시 일어섰다. 그러고는 또다시 세 걸음 걷고 한 번 절하기를 끝도 없이 되풀이했다.

갑자기 온몸에서 전율이 일어나며 가슴이 뭉클했다. 짙은 궁금증이 처음으로 머리를 스쳤다. 저분들은 대체 뭘 위해서 저렇게 몸을 던지고 있는 걸까?

그분들의 목적지는 서울이라고 했다. 어디서부터 왔는지는 모르지만 벌써 1달이 넘었다니 꽤 먼 곳에서 온 게 분명했다.

마지막엔 갯벌의 풍경이 화면에 나왔다. 수많은 게들이 기어 다니고 수만 마리의 새들이 날아다니는 그 갯벌의 이름은 새만금이라고 했다. 스님과 신부님은 바로 그 새만금 갯벌을 살리려 한다는 것이었다.

비디오가 끝난 뒤에도 나는 왠지 자리를 뜰 수가 없었다. 대체 새만금 갯벌이 어떤 곳이기에 종교가 다른 분들이 함께 저런 고생을 하는 걸까? 모르긴 해도 굉장히 중요한 곳이라는 점만은 분명해 보였다.

| 2003년 삼보일배 행렬. 사진제공 「부안21」

새만금은 그렇게 내 가슴에 찾아왔다. 두 성직자의 감동적인 모습과 함께.

가끔씩 절망스러울 때가 있다. 머지않아 해수 유통이 되고 새만금이 되살아날 거라고 굳게 믿지만, 죽어 버린 갯벌과 무심한 세상 사람들을 보면 힘이 쭉쭉 빠지곤 한다. 새만금은 이미 너무나 심각하게 망가져서 옛날로 돌아가는 게 영원히 불가능할지도 모른다.

하지만 이토록 힘들고 절망스러운 시간들도 모두 한순간일 뿐이다. 〈반지의 제왕〉에서 샘의 마지막 대사처럼.

"나쁜 일들이 너무나도 많이 일어났는데 어떻게 옛날로 돌아갈 수 있겠어요. 하지만 그 모든 게 그저 지나가는 일일 뿐이에요. 그림자와 암흑마저도 걷히기 마련이죠. 그리고 새 날이 올 거예요. 다시 떠오른 태양은 더욱 밝게 빛날 것이고……."

나는 새만금에 드리워진 그림자를 걷어 내려고 애쓰는 사람들을 많이 보았다. 암흑을 걷어 내려고 노력한 적도 많았다. 우리의 바닷길 걷기도 그런 노력들 중 하나라고 생각한다.

힘들 때도 있었고 다른 길로 돌아가고 싶을 때도 있었지만 우린 늘 꿋꿋하게 우리의 길을 걸었다. 주저앉지 않고 포기하지 않게 만드는 뭔가가 있었기 때문이다. 그건 바로, 우리들 곁에서 아직 살아 숨 쉬고 있는 생명들이었다.

삼보일배를 했던 두 분 성직자들 역시 마찬가지였을 것 같다. 새만금의 뭇 생명들에 대한 사랑이 없었다면 그 엄청난 고행은 가능하지 않았을 것이다. 2007년 바닷길 걷기의 마지막 날, 남수라에 찾아오셨던 문규현 신부님은 이렇게 말씀하셨다.

| 바닷길 걷기를 늘 격려해 주시던 문규현 신부님

"이렇게 죽음이 만연한 원인은 인간의 욕심과 분노와 무지함… 그러니까 죽음의 세 가지 죄악이라고 해야겠죠? 그걸 우리도 범했기 때문에 참회하고, 힘들어하는 생명들에게 낮은 자세로 부복하고, 그들을 품어 안는 마음으로 세 걸음 걷고 한 걸음 쉬고 그랬거든요. 여러분들이 며칠 동안 걸었던 그 기도의 행렬도 바로 그런 뜻이라고 믿고, 우리의 기도가 이루어져서 서로 더불어 기뻐하고 감사하는 세상을 이루어 갈 거라고 다시 한 번 다짐해 봅니다."

새만금 막히던 날

2006년 3월, 대법원에서 새만금 공사를 재개하라는 판결을 내렸다. 소송 기간 동안 중단되었던 끝물막이 공사가 다시 시작되면 실낱처럼 열려 있던 새만금의 마지막 숨통은 기어이 끊어지고 말 것이었다. 이제 남은 길이는 겨우 2.7km였다.

3월 19일. 새만금을 살리고자 하는 거의 모든 사람들이 해창갯벌 옆에 있는 새만금 전시관 앞으로 모여들었다. 다들 너무나도 절박했다. 그토록 힘겹게 싸워 온 시간들이 죄다 물거품이 되려 하고 있었다.

그날 나는 엄마와 함께 버스를 타고 새만금으로 갔다. 버스 안엔 아는 얼굴들이 더러 보였고, 1년 전 바닷길 걷기에 처음 갔을 때 단짝처럼 붙어 다녔던 종명이도 있었다. 왜 가는지 전혀 몰랐던 우린 마냥 들떠 있었다. 망해사에 잠깐 들렀을 때도, 거전갯벌 앞에서 칼국수를 먹을 때도, 그저 놀러 온 것처럼 즐거운 기분이었다.

그런데 전시관에 도착하자마자 이상한 분위기가 느껴졌다. 연단 위에서 누군가가 확성기로 연설을 하고 있었다. 아마 저걸 들으러 왔나 보다 하면서 그쪽으로 걸어가는데 바로 옆에서 또 누가 고래고래 소리를 질러 댔다. 귀에 익은 목소리다 했더니 아니나 다를까,

고은식 아저씨랑 종덕이 아저씨였다.

아저씨들은 웬 사람들과 언쟁을 벌이며 불같이 화를 내고 있었다. 바닷길 걷기 때의 친절하고 재미있던 모습과는 너무도 딴판이었다. 당황한 나는 지레 겁을 집어먹었다. 아무래도 분위기가 뭔가 심상치 않았다.

연단 밑에선 많은 사람들이 저마다 깃발이나 플래카드를 흔들고 있었다. 하나같이 새만금을 살려 내자는 내용들이었다. 공사를 당장 중단해야 한다고 절규하는 연사들의 목덜미에 굵은 핏대가 그물처럼 툭툭 불거졌다.

분위기가 달아오르자 앉아 있던 청중들이 모두 자리에서 일어났다. 어디선가 낡은 나룻배가 나타났고, 누군가 거기에 불을 질렀다. 그러고는 방조제로 통하는 길을 막고 있는 돌 울타리로 우르르 몰려갔다. 몇몇 사람들이 큰 가위 같은 걸 들고 와서 돌들을 엮은 철사를 끊고 울타리를 무너뜨리기 시작했다.

옆에서 지켜보던 경찰들이 갑자기 확성기의 볼륨을 최대한으로 높였다. "물러나세요, 당장 뒤로 물러나세요……." 그러자 사람들은 극도로 흥분하여 저마다 목청껏 고함을 질러 댔다. 질서라는 건 아예 존재하지 않았다. 가뜩이나 혼란스러운 상황에서 엄마마저 잃어버린 나는 무서운 마음에 어쩔 줄을 몰라 했다.

시간이 지나자 열기가 조금씩 수그러들었고 엄마도 다시 찾았다. 그리고 잠시 후 다시 버스를 타고 서울로 올라왔다.

나는 여전히 혼란스러웠다. 시위라는 게 뭔지는 알고 있었지만 이렇게까지 무서울 거라고는 상상조차 해본 적이 없었다. 사람들은 다들 악에 받쳐 있었고, 다들 따로따로 미친 듯 소리치다 보니 온 세상이 거꾸로 뒤집힌 것만 같았다.

그날 본 장면들은 그렇게 '혼돈'이라는 단어로 가슴에 남았다.

지금 생각해 보면 모든 게 이해가 된다. 그날의 시위는 한 마디로 말하면 '절박함'이었다. 생명과도 같은 바다와 갯벌을 법의 이름으로 메우라고 하다니!

죽음을 강요하는 그 법에 어민들은 결코 순응할 수 없었다. 마지막 남은 생명의 물길이 사라지는 걸 그냥 지켜만 볼 수는 없는 일이었다. 가느다란 틈새로 힘겹게 드나들던 바닷물이 완전히 막혀 버리기 전에 어떻게든 수를 써야만 했다.

재난 영화를 보면 위기에 몰린 사람들이 살기 위해서 너나할 것 없이 비명과 고함을 질러 대는 장면이 흔히 나온다. 어민들 역시 그런 상황이었으리라. 너무나도 절박하고 너무나도 다급했기에, 결국 스스로 혼돈 속으로 빠져들 수밖에 없었던 것이다.

고함을 지르던 고은식 아저씨와 종덕이 아저씨도 이제는 이해할 수 있다. 그날 아저씨들은 바닷길 걷기 때와 다른 모습을 보여 주신 게 아니었다. 그분들이 보여 준 건 두 번 모두 새만금을 사랑하는 모습이었다. 갯벌에서 웃을 때도 새만금을 사랑해서 그렇게 환하게 웃었고, 전시관에서 울부짖을 때도 새만금을 사랑해서 그렇게 목 놓아 울부짖었던 것이다.

그해 봄날! 나는 절박함의 끝에서 터져 나온 뜨거운 아우성을 보았다.

그 무렵, 방조제 앞에선 치열한 해상시위가 벌어졌다. 나는 그 장면을 이강길 감독님의 다큐멘터리 〈살기 위하여〉를 통해 생생하게 볼 수 있었다.

덤프트럭들이 육중한 돌덩이들을 분주하게 실어 날랐다. 그물에 엮인 거대한 돌 망태기들을 포클레인이 쉴 새 없이 바다로 밀어서 빠뜨렸다. 그 현장을 향해 돌진한 해상시위는 마지막 희망을 저버린 정부와 법원을 향한 어민들의 성난 반격이었다.

"새만금 갯벌은 살아야 한다!"

"어민도 국민이다!"

| 2006년 3월, 끝물막이 공사 저지에 나선 어민들의 해상시위 ⓒ허철희

어선들은 절절한 심정을 담은 깃발과 현수막을 달고 있었다. 선외기를 단 작은 배에서 큰 어선들까지, 군산 · 김제 · 부안의 배들이 죄다 모여들었다. 오늘이 마지막이라는 비장한 각오가 곳곳에서 풍겨져 나왔다.

어민들은 배들을 방조제 끝에 대 놓고 몸을 던져 덤프트럭을 막아 세웠다. 몇몇은 손수 만든 물대포를 쏘며 공사 진행을 막았다. 대책위원장이 연행되고 아주머니들도 하나둘씩 끌려갔지만 필사적으로 저항하는 어민들을 막기란 쉽지 않았다. 방조제 주변이 온통 고함과 비명으로 아수라장이 되어 갔다.

하지만 그토록 처절한 해상시위도 공사를 중단시키지는 못했다. 그로부터 한 달 뒤 방조제는 바다를 완전히 가로막았고, 어민들의 가슴에도 거대한 돌덩이가 내려앉았다.

4월 21일.

마지막 돌덩어리들이 덤프트럭에서 쏟아져 내렸다. 방조제 위에선 때 아닌 태극기가 펄럭였다. 그들의 말대로라면 한국의 간척 역사가 미래를 향해 큰 걸음을 내딛는 순간이었다.

그 장면을 지켜보던 한 아주머니는 결국 울음을 터뜨리셨다. 다른 사람들도 모두 할 말을 잃고 묵묵히 눈앞의 절망을 응시했다. 그토록 비통하고 절망스러운 표정을 나는 그 전에도 그 뒤에도 결코 본 적이 없다.

하지만 나는 새만금의 죽음을 인정할 수 없었고 그건 지금도 마찬가지다. 새만금은 단지 기나긴 고통의 시간을 맞이했을 뿐이고,

| 오늘 막혔어도 내일은 뚫리리라! ⓒ허철희

모든 고통엔 반드시 끝이 있으니까 말이다.

이제 5년이 지났으니 고통이 끝날 시간도 5년만큼 가까워졌을 것이다.

새만금 갯벌과 하나 된 운명

계화도에 나보다 한 살 위인 누나가 한 명 있다. 이름은 고은별. 바닷길도 늘 같이 걷고 얘기도 많이 하고 허물없이 장난도 치는 사이다.

은별 누나의 부모님들은 새만금 반대운동의 열렬한 참가자였다. 아버지인 고은식 아저씨도 어머니인 류기화 아주머니도, 새만금의 실태를 알리기 위해서라면 어디든 발 벗고 나섰던 분들이다. 두 분 모두 맨손 어민이었는데, 특히 아주머니는 바다가 막힌 뒤에도 갯벌을 잊지 못해 끝까지 그레를 놓지 않았던 분이기도 하다.

아주머니뿐 아니라 맨손 어업을 하는 새만금의 모든 여성들이 그랬다. 그분들에게 갯벌은 단순히 돈을 버는 일터가 아니고 삶 그 자체였기 때문이다. 바다와 갯벌을 갈라놓은 저 얄미운 사람들도 그분들과 갯벌 사이만은 갈라놓을 수 없었다.

아주머니들은 왜 그렇게 갯벌에 대한 애착이 남달랐을까? 그분들의 삶을 들여다보면 이유를 쉽게 알 수 있다. 거전갯벌이 조금씩 말라 갈 무렵, 그곳에서 만났던 한 아저씨는 이렇게 말씀하셨다.

“우리 어머니가 여기에서 조개 잡아 가지고 7남매를 키웠어. 농사지을 땅이라고는 한 평도 없고 아버지는 늘 밖으로만 도셨는데, 어머니 혼자 나랑 여섯 동생들을 고등학교까지 가르쳤다 이 말이야. 올해 연세가 일흔여섯인데 지금도 물만 빠지면 바로 나가신다니까.

요새 취업난이다 뭐다 해서 젊은 사람들이 놀고 그러지? 우리 마을에 오면 갈퀴 하나만 들고 나가도 먹고 살 만큼은 벌어요. 딱 갈퀴 하나만 들고 가면."

이렇듯 맨손 여성들은 가사를 도맡아하면서도 틈만 나면 갯벌로 나갔다. 그리고 조개 잡아서 번 돈을 생계비와 양육비, 교육비에 보탰다. 남자들은 나이가 들면 뱃일을 그만둬야 했지만 여자들은 칠십 팔십이 되어도 갯일을 멈추지 않았고, 소득도 일 년에 이천만 원을 훌쩍 넘었다고 한다.

새만금에서 조개 캐는 아주머니들을 만나면 자부심이 굉장히 강하다는 느낌을 받는다. 맨손으로 육 남매 팔 남매를 먹여 살리고 대학까지 보냈으니 얼마나 자랑스러우시겠는가. 그 모든 걸 가능케 해준 고마운 갯벌을 계화도 아주머니들은 황금 밭이나 마찬가지라며 '생금 밭' 이라고 부르신다.

갯벌이 고마운 건 돈 때문만은 아니다. 유교적 전통이 유난히 강한 어촌에서 여자들이 남의 눈치 보지 않고 맘껏 일하고 맘껏 쉴 수 있는 장소는 오로지 갯벌뿐이었다. 거기에서 일하는 시간이야말로 딸, 아내 또는 며느리라는 힘든 위치에서 벗어날 수 있는 유일한 시간이었던 것이다.

아주머니들은 자기들을 위해 희생하는 백합에게 커다란 고마움을 느낀다고 했다. 또 그것들을 키우고 돌보고 내주는 바다와 갯벌

| 그녀들은 갯벌의 일부였고, 갯벌은 그녀들의 전부였다. ⓒ허철희

이야말로 인간보다 크고 위대한 존재임을 기꺼이 인정했다. 갯벌에 기대어 평생을 살아오는 동안, 그분들은 어느새 새만금 갯벌의 일부가 되어 있었던 것이다.

그런 얘기들을 듣다 보면 문득 인디언들이 떠오른다. 그들은 주위의 모든 생명들을 존중하고, 사냥해서 잡은 동물들에게도 진심어린 감사를 표하며, 자기들에게 먹힌 동물들이 제 몸과 영혼의 일부가 된다고 믿는다. 또한 자기들을 둘러싼 거대한 대자연을 늘 신처럼 숭배한다. 물론 아주머니들과 인디언들은 생김새도 다르고 문화도 다르지만, 자연을 보는 눈과 생태적 감수성만은 굉장히 비슷한 것 같다.

이렇듯 소중했던 바다와 갯벌을 앗아 가려 했을 때 아주머니들이 분개했던 건 너무나 당연한 일이었다. 삶의 전부나 다름없던 공간이 망가져 버리는 걸 그 누가 멍하니 지켜보고 있겠는가? 그분들은 절박한 마음으로 누구보다도 열심히 반대 운동에 나섰고, 그때만큼은 남자들보다 훨씬 빛나는 존재일 수 있었다.

사실 새만금 반대 운동이 한창일 때 남자들은 큰 힘이 되지 못했다. 물론 열렬하게 헌신적으로 참가하신 아저씨들도 많지만, 눈치를 보며 슬금슬금 발을 빼는 아저씨들도 많았다고 한다. 정말로 새만금을 살리기 위해서가 아니라 보상금 액수를 높이려고 시위에 나오는 경우도 드물지 않았을 것이다.

하지만 아주머니들은 달랐다. 그분들은 새만금을 살리기 위해 가능한 모든 방법들을 총동원했다.

공사 현장에서의 데모는 물론이고, 대법원에서 간척 공사의 적법성에 대한 재판을 할 때는 법원 안까지 들어가서 시위를 벌였다. 청와대 앞에서 1인 시위를 한 분들도 있었는데, 류기화 아주머니도 그중 한 분이셨다.

아주머니는 계화도에서도 손꼽히는 맨손 어민이었다. 조개 캐는 실력도 남들보다 훨씬 뛰어나고, 물때도 더 잘 보고, 갯벌 지리도 훤히 꿰뚫고 있었다. 그야말로 '맨손 어업계의 호날두'라고 해도 손색이 없을 정도였다.

시위를 할 때도 정말 혼신을 다해서 "방조제를 터라!"라고 목이

터지게 외치셨다. 대법원 재판 때 '새만금 사업 즉각 중단!' 이라고 적힌 머리띠를 두르고 기자들 앞에서 해수 유통을 부르짖는 모습은 너무나 용맹스러워 보였다. 마치 영국과의 백년전쟁에서 조국을 구한 프랑스의 성녀 잔 다르크를 보는 것 같았다.

> "해수 유통을 해서 계속 바다에서 어업 활동을 할 수 있게 해달라는 겁니다, 우리는!
> 이 큰 바다를 다 메워 갖고 대체 뭣을 한다는 거예요? 시화호 같은 데도 바다를 막았다가 실패해서 바다가 썩어 가고 있는데, 그 많은 어류들, 어민들 다 죽여 놓고 세계 최고 방조제를 만든다고 자랑하고 있는 겁니까?
> 세계에서 최고로 큰 갯벌을 그대로 살려서 다른 나라에는 없는 어종들 다 살려 냈다는 그런 자랑스러운 얘길 해야지, 간척공사 해가지고 다 썩혀 버리고 환경 다 망치고 이런 걸 자랑하면서 최고라고 할 겁니까?"
>
> — 류기화 아주머니 발언 중에서

하지만 잔 다르크가 마녀로 몰려 결국 화형을 당했던 것처럼, 류기화 아주머니 역시 방조제가 완공된 직후에 불행하고 비극적인 최후를 맞고 말았다.

2006년 7월. 태풍 위니아가 서해안을 강타했다. 집중호우로 인해 방조제 위로 물이 넘쳐 흐를까 봐 두려웠던 농어촌공사는 수문을 전부 열어서 방조제 안쪽의 물을 미리 빼냈다.

물이 빠지자 잠겨 있던 갯벌이 모습을 드러냈고, 류기화 아주머니는 그곳에서 그레질을 했다. 이튿날 다시 갯벌로 나갔을 땐 수문을 닫은 상태여서 갯골의 수위가 훨씬 높아져 있었지만, 누구도 그런 사실을 어민들에게 미리 알려주지 않았다.

당시 맨손 어업을 하던 어민들은 씨가 말라 가는 조개를 찾기 위해 가슴까지 차오르는 물속에서 그레질을 하곤 했었다. 그런데 방조제가 완공된 뒤부터는 농어촌공사에서 수문을 엿장수처럼 맘대로 열었다 닫았다 해서 수위를 예측하기가 굉장히 힘들었다고 한다.

위험이 도사리고 있는 줄을 미처 몰랐던 류기화 아주머니는 물이 불어난 갯골에 빠졌고, 끝내 빠져나오지 못한 채 목숨을 잃었다. 바다와 갯벌을 그토록 사랑하시더니, 결국 바다와 하나가 된 채 하늘나라로 떠나가 버린 것이다.

엄마를 통해 이 소식을 처음 들었을 땐 도저히, 도저히 믿을 수가 없었다. 새만금 음악회에서 고은식 아저씨와 함께 멋진 노래를 부르시던 그분이, 바다와 갯벌이 있어 행복하다고 입버릇처럼 말씀하시던 그분이, 용맹스러운 여전사이자 은별 누나의 자상한 엄마인 그분이 그렇게 갑자기 돌아가셨다는 게 정말로 믿기질 않았다.

아주머니의 죽음은 많은 사람들에게 엄청난 충격과 분노를 동시에 안겨 주었다. 대체 저 방조제가 뭐기에 이토록 많은 죽음을 강요하는 걸까? 방조제만 없었다면 눈 감고도 갯골 사이를 누빌 정도로 노련한 분이었는데. 아니, 최소한 수문 개폐를 제때 통보만 해줬어도 그런 어이없는 불행은 당하지 않았을 텐데.

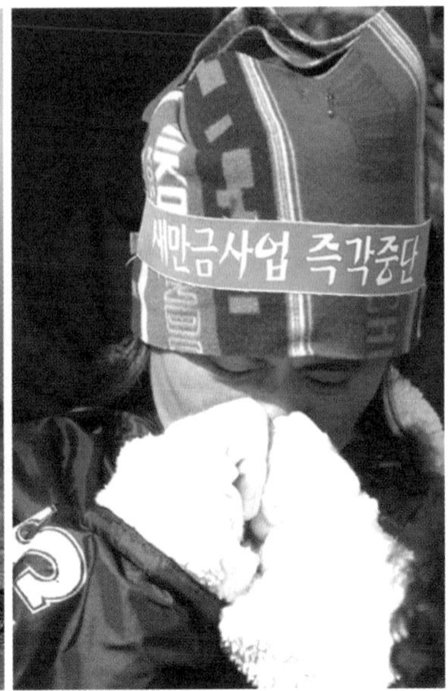

| 고 류기화 아주머니의 삶과 투쟁. 사진 제공 「부안21」

류기화 아주머니는 그렇게 우리의 곁을 떠났다. 하지만 지금도 여전히 하늘나라에서 사랑하는 가족들과 사랑하는 새만금을 내려다보고 있을 것이다. 꿈에도 그리던 바다와 갯벌의 재회를 손꼽아 기다리면서 말이다.

다시 한 번 고인의 명복을 간절히 빈다.

시민들의 눈! 새만금 시민생태조사단

새만금을 아직도 잊지 않고 꾸준히 지켜보고 있는 모임이 우리의 바닷길 걷기 말고도 한 팀 더 있다. '새만금 시민생태조사단' 이라는 모임인데, 말 그대로 새만금 생태 조사를 위해 시민들이 2003년에 만든 모임이다.

이분들은 한 달에 한 번씩 모여 1박2일 동안 새만금의 구석구석을 돌아다니며, 그곳에서 보고 듣고 느낀 것을 있는 그대로 기록한다. 새만금에 대한 정기진단이랄까? 바닷길을 걷는 우리가 새만금의 친구라면, 그분들은 의사 선생님인 셈이다.

조사단 활동에 직접 참가해 본 적은 없지만 그분들 중엔 낯익은 분들이 많다. 바닷길 걷기 때 만나기도 하고, 다른 모임이나 활동에서 마주칠 때도 많기 때문이다. 남선정 선생님, 배귀재 선생님, 오동필 선생님, 그리고 지금은 대학원에서 열공 중인 김경원 선생님……. 다들 새만금에 대한 애정이 남다르고, 새만금을 되살리겠다는 열정 또한 누구보다도 투철한 분들이다.

새만금 시민생태조사단의 기본 철학은 '앎' 이다. 알아야 애정을 가질 수 있고 애정을 가져야만 지킬 수 있다는 믿음이 모든 활동의 밑바탕이 된다.

일본의 원전 반대운동을 이끌었던 다카기 진자부로는 『시민과학자로 살다』라는 책에서 지구의 미래를 위해 시민들이 직접 나서야 한다며 '시민과학'의 중요성을 강조한 바 있다. 우리나라에서도 그런 활동들이 많이 확산되고 있는데, 새만금 시민생태조사단이야말로 그 대표적인 사례가 아닐까 싶다.

사실 일반적인 눈으로 보면 이 조사단은 비전문가 그룹이다. 그러므로 열정은 대단할지 몰라도 학문적 깊이는 전문가들보다 부족할 거라고 여기기 쉽다. 하지만 때로는 '시민과학자' 들이 그 분야의 박사나 교수들보다 훨씬 뛰어난 성과를 내기도 한다.

어떤 지역에 대한 전문가들의 조사는 길어야 몇 달 만에 대부분 끝나 버린다. 조사 대상에 대한 특별한 애정이 없는 상태에서 주어진 일정대로만 일하기 때문이다. 그러나 시민들이 자발적으로 꾸린 조사단은 다르다. 남다른 애착과 사명감을 무기로 몇 년에 걸쳐 지역을 샅샅이 누비며 사소한 것들까지도 꼼꼼히 살피고 기록한다. 그러므로 제아무리 훌륭한 전문가들이라 해도 그 정확성을 따라올 수가 없는 것이다.

지금 사람들의 관심에서 멀어져 버린 새만금을 계속 관찰하고 있는 사람들은 오직 시민생태조사단밖에 없다. 방조제 완공 뒤 몇 년에 걸쳐 엄청난 변화가 일어났지만, 그걸 확인하고 기록한 건 전문가들이 아닌 시민과학자들이었던 것이다.

시민과학이 빛을 발하는 가장 큰 이유는 시민들의 눈이 되어 주기 때문이다. 원래 어딘가를 개발하려면 반드시 환경영향평가를 하게 되어 있다. 마구잡이 개발로 인한 환경 파괴를 막기 위해 법률로 엄격하게 정해 놓은 절차들이다.

그런데 정부나 기업의 의뢰를 받은 '전문가' 들의 보고서를 보면 이상할 때가 많다. 이미 발생한 문제들을 천연덕스럽게 부정하기도 하고, 사진이나 영상으로 버젓이 기록되어 있는 생물종들이 전혀 서식하지 않는 걸로 나오기도 한다. 개발의 면죄부가 되는 그런 엉터리 보고서에 시민들은 전혀 개입할 수가 없다. 새만금, 시화호, 천성산, 그리고 요즘 진행 중인 4대강 죽이기까지 말이다.

그래서 결성된 게 바로 시민조사단이다. 한쪽으로 치우친 정부나 기업 또는 몇몇 전문가들의 눈이 아닌 시민들의 눈으로 자연을 관찰하고 지켜 내는 것! 바로 그게 시민과학의 존재 이유인 것이다.

새만금 시민생태조사단은 물새 팀, 저서생물 팀, 식물 팀, 문화 팀으로 나누어진다. 이렇게 나누어서 조사를 하게 되면 새만금을 최대한 넓고 깊게 관찰할 수 있다. 관찰 대상이 정해져 있기 때문에 넓은 지역을 두루 돌아볼 수 있고, 각자 맡은 주제가 분명하기 때문에 깊고 자세한 관찰 또한 가능해지는 것이다.

그렇다고 해서 무조건 자기 팀의 주제에만 매달리는 건 물론 아니다. 물새 팀이 조개 캐는 아주머니들을 만날 수도 있고, 식물 팀이 칠면초 밭에 사는 농게들을 관찰할 수도 있다. 효율성을 높이기 위해 팀을 나눈 것이지, 스타크래프트처럼 '나는 테란, 너는 프로토스' 식으로 구분해 놓은 건 아니기 때문이다.

물새 팀은 주로 도요-물떼새들의 개체 수 변화를 관찰한다. 2006년에 방조제가 막히고 난 다음에 조사를 했을 때는 갯벌 위에서 도요새들의 주검을 엄청나게 많이 발견했다고 한다. 그 소식을 처음 들었을 땐 굉장히 슬펐다. 난데없이 떼죽음을 당한 것도 불쌍한데 바다가 녀석들을 거둬 가지도 못했다니…….

저서생물팀은 갯벌에 사는 게와 조개, 망둥어 등을 살펴본다. 이 팀 역시 2006년 이후에는 끝없는 죽음만을 기록해야 했다. 당시 조사단의 어떤 분은 이렇게 적었다.

> "나는 물길이 막히고 바닷물이 드나들지 않으면서 조개와 고둥, 게 들이 차차 죽어가는 모습을 보며 1년을 지냈다. 말라 죽고 불어 죽고 숨막혀 죽다가 겨울이 다가오자 뻘 속으로 들어가지 못하고 얼어 죽는 생명들을 보아야 했다. 그나마 살아 있던 것들은 도요새들의 먹이가 되어 주었지만 11월에는 갯등에서 죽은 새들을 많이 보았다. 조사를 시작한 처음 2년은 아름다운 생명의 기운에 흠뻑 취해 즐겁게 돌아다녔는데 이제 죽음과 절망을 기록할 일만 남다니."
>
> —「새만금 시민생태조사단 활동백서」 중에서

식물 팀은 염생식물 및 새로 진출하는 육상식물들의 분포 변화를 기록한다. 이 팀에서 느끼는 안타까움 역시 저서생물 팀의 그것과 별로 다르지 않을 것이다.

방조제가 막히고 몇 년이 지난 지금, 저서생물과 식물들은 더 이상 관찰할 게 없다고 해도 지나치지 않다. 갯벌은 이미 갈대들의 왕국이 되어 버렸고, 말라붙은 갯벌에선 눈 씻고 찾아봐도 조개들을 발견할 수 없으니까 말이다. 그나마 활동이 가능한 건 물새 팀과 문화 팀뿐이어서, 다른 팀 멤버들도 요즘엔 그쪽으로 합류한 상태라고 한다.

| 시민생태조사단의 눈에 비친 죽음의 현장들

문화 팀은 새만금 지역의 어민들과 마을 주민들을 만나 그분들의 목소리를 기록한다. 새만금이 막히고 난 뒤론 제일 중요해진 팀이다. 칠면초와 짱뚱어들은 그냥 죽어 버렸지만 어민들은 여전히 그곳에서 살고 있기 때문이다.

생전 해보지 않았던 낯선 일을 하면서 하루하루 버티고 있는 어민들은 갯벌 학살의 현장에서 가까스로 살아남은 증인들이다. 이분들을 정기적으로 만나서 얘기를 나누다 보면 어종이나 어획량의 변화, 갯벌의 변화, 어민들의 삶의 변화 등을 생생하고 또렷하게 있는 그대로 파악할 수 있다.

조사단이 어민들과 계속 얘기를 나누는 또 하나의 이유는 그게 그분들에게 힘이 되기 때문이다. 어민들은 자기들의 답답한 심정을 헤아려 주는 조사단원들에게 온갖 얘기들을 넋두리하듯 풀어놓으며 잠깐이나마 위안을 얻는다고 한다.

새만금 시민생태조사단이 지금까지 이루어 낸 성과들은 정말로

| 새만금 시민생태조사단의 시민과학자들

크다. 1년 동안의 조사 결과들을 담은 백서를 매년 발간함으로써 새만금의 실상을 세상에 알렸고, 2006년엔 환경담당 기자들의 모임인 '한국 환경기자클럽'에서 주는 '올해의 환경인 상'을 받기도 했다.

간척 지역 안에서 멸종위기종을 발견하는 쾌거를 올린 적도 있다. 2007년에 김제시 광활면 학당마을 갯벌에서 발견한 대추귀고둥은 한반도 서남해안에만 서식하는 희귀종이다. 그토록 귀한 생물자원 100여 마리가 새만금에서 부안 백천 하구(2006 한일갯벌공동조사)에 이어 2번째로 발견되었던 것이다.

조사단에선 대추귀고둥을 다른 곳으로 이주시킬 것을 환경부에 제안했다. 말라 가는 갯벌에선 녀석들 역시 생존이 불가능하기 때문이다. 느닷없이 낯선 곳으로 옮겨진 고둥들이 좀 가엾긴 하지만, 새만금 시민생태조사단이 아니었다면 녀석들은 아무도 모르게 떼죽음을 당하고 말았을 것이다.

이제 얼마 안 있으면 조사단의 활동이 햇수로 10년이 된다. 이분들의 따뜻한 눈길이 계속되는 한 새만금은 아무리 아파도 꾹 참고 버틸 수 있을 것 같다. 훗날 새만금이 다시 활력을 되찾았을 때, 이분들의 기록은 영원히 후세에 남아 지금의 고통과 시련들을 낱낱이 증언해 줄 것이다.

사라진 것들과 남은 것들

새만금에서 내가 제일 처음 찾아갔던 곳은 '그레'였다. 바닷길 걷기에 참가하기도 전에 엄마와 함께 개관식을 보러 갔으니까 말이다. 조개잡이 도구의 이름을 딴 그레는 계화도 주민들의 자치공간이자 새만금을 알리기 위한 생태 체험관이었는데, 새만금의 모든 백합들이 갯벌과 함께 영원하기를 바라는 마음에서 그런 이름을 붙였다고 한다.

처음 갔을 때만 해도 그곳은 그냥 텅 빈 컨테이너 박스 같았다. 그래도 꺼져 가는 새만금을 살리기 위한 소중한 불씨였기에 다들 큰 기대를 걸고 있는 듯했다. 그땐 너무 어려서 잘 몰랐는데, 나중에 자료를 찾아보니 충분히 그럴 만했으리라는 생각이 들었다.

> "예전에 김 가공 공장이던 곳을 무상으로 빌려 갯벌체험 교육장과 숙소로 꾸미려 합니다. 독일에서 새만금을 위해 지원하는 기금 중 300만 원을 새만금 생명학회로부터 지원 받아 공사를 시작할 수 있었습니다. 남은 공사비를 더 모아야 하는데, 정해진 방법은 따로 없습니다. 벽돌 한 장 값에서부터 직접 현장에서 땀 흘려 봉사하는 것까지, 각자 나름의 방법으로 도움을 주면 됩니다."
>
> — 2005년 '그레' 개관식에서

그 후 그레는 매년 찾아갈 때마다 새로운 모습들을 선보이면서 점점 더 멋있게 변해 갔다. 새만금 풍경과 갯생명들의 사진을 걸어 놓고 그레와 갈퀴 같은 조개잡이 도구들을 전시해 놓으니까 분위기가 한결 그럴싸했다.

그게 끝이 아니었다. 입구에 대형 그레를 세워 놓고 외벽에 멋진 벽화를 그려 놓더니 나중엔 탁구대까지 들여놓았다. 겉모습으로 보나 프로그램 내용으로 보나, 그 어떤 수련원이나 체험관에도 뒤지지 않는 훌륭한 시설이었다.

많은 이들의 정성과 희망이 깃든 그레엔 늘 사람들의 발길이 끊이지 않았다. 우리 역시 계화도에 도착한 날엔 꼭 그레에서 밤을 보냈다. 개관식 때 기대했던 것 그대로, 그레는 새만금 지키기 운동의 소중한 본거지가 되었던 것이다.

하지만 방조제 완공 뒤엔 모든 게 달라졌다. 바다가 막히면서 계화도 주민들이 하나둘씩 마을을 떠났기 때문이다. 아늑하던 방엔 먼지가 수북이 쌓였고, 분주하던 대문은 거미줄에 가로막혔다. 무너져 버린 지역공동체와 마찬가지로 그레 역시 차츰 무너져 갔고, 2010년에 결국 문을 닫고 말았다.

주민들 스스로 만들고 운영했던 그레는 그렇게 새만금과 운명을 함께했다. 이젠 바닷길 걷기 도중 계화도에 도착해도 더 이상 그곳엔 들르지 못할 것이다. 숙소는 새로 구하면 되겠지만 우리들의 추억의 장소가 사라졌다는 게 너무나 아쉽고 허전하다.

살금갯벌의 짱뚱어 솟대에 대해서는 앞에서 얘기한 바 있다. 그

| 새만금과 운명을 함께한 갯벌 배움터 '그레'. 발길 끊어진 앞마당이 쓸쓸해 보인다.

런데 이 짱뚱어는 한 번 죽었다가 2007년에 되살아났다고 한다. 녀석의 탄생과 죽음과 부활에 얽힌 사연을 그해 여름에 고은식 아저씨가 자세히 들려주셨다.

"2003년에 새만금에 관한 이런저런 대안들이 많이 나왔어요. 바다 도시니 뭐니 하면서. 그런데 어디에도 우리 어민들이나 갯벌 생명들을 위한 참된 대안은 없는 거예요. 이래서는 안 되겠다, 우리가 뭔가 보여줘야겠다는 고민을 참 많이 했었죠.

바로 그 무렵에 짱뚱어가 왔어요. 최병수 작가가 북한산 나무로 만든 것을 서울대학교 환경동아리 씨알 학생들이 시화호에서 새만금까지 운반해 온 거예요. 그래서 우리가 옳다구나 하고, 그걸 갖고 우리랑 다시 서울로 올라가자고 했죠.

짱뚱어를 수레에 싣고 걸어서 서울까지 갔어요. 그때가 1월 16일이었으니까 제일 추울 때였는데, 출발해서 꼭 13일이 걸리더군요."

도무지 상상이 되지 않는 얘기였다. 길이가 3m나 되는 무거운 솟대를 수레에 싣고 부안에서 서울까지 260km를 걸어갔다니! 그것도 매서운 겨울바람을 뚫고서 말이다.

"서울에 도착해서 집회를 열고, 우리가 진정으로 원하는 건 어정쩡한 대안이 아니라 간척 중단이라는 걸 분명히 밝혔어요. 그리고 다시 돌아와서 씨알 친구들과 함께 갯벌에 짱뚱어 솟대를 세웠습니다.

그런데 작년에 어떤 몰지각한 영화감독이 여기서 촬영을 하다가 짱뚱어가 거슬린다고 멋대로 잘라 버렸어요. 한동안 방치되어 있던 걸 올해 다시 세웠죠. 죽어가는 생명들 위에서 '새만금 록 페스티벌'이라는 괴상한 축제를 벌이는 것에 항의하는 뜻으로, 최병수 작가와 몇몇 분들이 다시 세운 거예요."

그렇게 부활한 짱뚱어 곁에 지금은 친구들이 나란히 서 있다. 메마른 갯벌을 홀로 지키는 외로움을 덜어 주기 위해 세워 준 녀석들인데, 울고 있는 저어새도 그중 하나다. 나중에 갯벌이 되살아나면 꼭 내 손으로 그 눈물을 없애주고 싶다.

만경강 끝자락의 내초도에는 또 다른 조각상이 서 있다. 최병수 작가님이 만드신 거대한 물고기가 그것이다. 아마 숭어인 것 같은데, 통통한 몸에 입을 쩍 벌린 것이 정말 우람하게 생겼다.

이 조각상은 원래 계화도에서 온 것이다. 동진강 끝 계화도와 만

| 내초도갯벌 입구 물고기 조각상의 과거(왼쪽)와 현재(오른쪽). 이 대조적 풍경 사이에 방조제가 가로 놓여 있다.

경강 끝 내초도가 힘을 합쳐서 새만금을 살려 내자는 뜻으로 선물한 것이란다. 솟구칠 듯 늠름하던 이 물고기는 힘든 싸움을 벌이고 있던 내초도 어민들에겐 한동안 희망의 상징이었다.

하지만 내초도갯벌은 죽뻘에 의해 삽시간에 초토화되었고, 물고기 역시 마른 땅에 처박힌 말뚝 신세가 되어 버렸다. 벌어진 입에는 언젠가부터 흙이 가득하고 이젠 풀까지 자라난다. 바다에 사는 물고기 입에 풀이라니!

지금 내초도갯벌에선 땅을 돋운 곳에 건물들을 짓고 있다. 공사가 더 진척되면 물고기 상마저 치워야 할 상황이다. 내초도의 임춘희 목사님께서는 이렇게 말씀하신다.

"저 물고기는 우리가 거둬들여야죠. 그래도 새만금의 과거를 말해 주는 것인데……."

오랫동안 갯벌 입구를 지키며 들고나는 어민들을 반기던 내초도의 물고기는 결국 갯벌을 떠나 교회로 향하게 되었다. 새만금에서 죽어간 수많은 물고기들의 영혼을 데리고서 말이다. 녀석들은 이제 목사님의 인도에 따라 푸른 물결 넘실대는 천국의 바다로 가려나 보다.

살아 줘서 고마워! 농게야

2009년 바닷길 걷기의 마지막 날, 우린 하서갯벌을 걷고 있었다. 이곳 역시 다른 곳들과 마찬가지로 말라서 굳은 갯벌이었다. 그런데 저만치 떨어진 곳에서 꽤 넓은 칠면초 군락이 눈에 띄었다.

거전이나 남수라갯벌에서 본 염생식물들은 대부분 주민들이 돈 받고 뿌린 나문재들이었다. 그런데 사라진 줄로만 알았던 붉은 칠면초들이 아직도 염습지를 뒤덮고 있었던 것이다. 게다가 그 안엔 뜻밖에도 농게들이 잔뜩 숨어 있는 게 아닌가!

하서갯벌은 가력 배수갑문과 가까운 곳에 있다. 수문을 열 때마다 바닷물이 들어와 갯벌을 적셔 주기 때문에 아직까지 갯벌 일부가 살아 있었던 것이다. 그해 바닷길 걷기 도중 새만금의 살아 있는 흔적을 발견한 유일한 장소이기도 하다.

우리는 다들 감격에 겨워 필드스코프 앞으로 몰려들었다. 촉촉한 갯벌 위에서 녀석들이 바삐 뻘을 집어먹는 모습이 보였다. 우람한 집게와 곤두선 두 눈, 그리고 칠면초처럼 새빨간 몸과 당당한 체격. 과연 새만금의 상징이자 게들 중의 게인 농게가 틀림없었다.

아아!

감동이 온몸을 휘감았다.

그러면 그렇지! 새만금은 아직 죽지 않았던 것이다.

걷는 내내 말라서 쩍쩍 갈라진 갯벌만 보아야 했던 우리에게 녀석들은 너무나 큰 기쁨과 희망을 선사했다. 흐뭇한 얼굴로 필드스코프를 들여다보던 정진영 선생님의 말씀이 지금도 귓가에 생생하다.

"야! 새만금 아직 살아 있네, 살아 있어!"

새만금 갯벌에서 만나는 생명들은 어느새 우리에게 희망을 가져다 주는 존재들이 되었다. 갯생명들을 보는 눈길이 방조제가 막히기 전과 확연히 달라져 버린 것이다.

새만금을 걸으며 녀석들을 만나는 건 예전엔 마냥 즐거운 경험이었다. 큰 집게발을 치켜들며 한번 붙어 보자고 씩씩대는 농게들과 다툴 때도 그랬고, 물 위를 팔짝팔짝 뛰어다니면서 우릴 약 올리는 망둥어들을 쫓아다닐 때도 그랬다. 멋진 무늬를 지닌 백합들을 홍얼거리며 캘 때도 마찬가지였다. 녀석들은 늘 즐겁게 놀고 함께 장난치는 친구로만 우리에게 다가왔었다.

방조제는 그 모든 즐거움들을 깡그리 앗아 갔다. 입을 쩍 벌린 채 말라죽은 무수한 조개들, 구멍 위에 뻘탑을 쌓아 놓은 채 살았는지 죽었는지 알 수 없는 게들은 우리에게 아득한 절망감만 안길 뿐이었다.

그 속에서 우린 비로소 깨달았다. 모든 생명들은 즐거움의 대상이기 전에 하나하나가 더없이 귀한 존재들이라는 것을!

방조제 완공 이후의 새만금 걷기는 어찌 보면 죽음을 응시하는 여정이었다. 함께하는 사람들이 없었다면 단 한 시간도 걷기 힘들 만큼 슬프고 힘든 길이었다.

하지만 시멘트 틈새 사이에서도 꽃이 피어나듯, 생기 없는 황량한 갯벌에도 생명들은 남아 있었다. 비록 작은 무리일망정 새만금을 버리지 않고 다시 찾아와 준 도요새들, 마지막 요새인 가느다란 갯골에서 꿋꿋이 버티고 있는 농게들과의 만남은 옛 친구들과의 재회만큼이나 기쁘고 반갑게 느껴졌다.

비록 많은 상처를 입고 허기진 모습들이었지만 그래도 살아남아서 모습을 보여 주는 그 생명들의 존재가 내겐 너무나도 고맙다. 그리고 미안하다. 곁에 남아서 보살펴 줄 수가 없으니까. 지금 우리가 녀석들을 위해 할 수 있는 일은 오직 포기하지 않고 우리의 길을 계속 걸어가는 것뿐이다.

| 이 황량한 땅에도 아직 살아 있는 생명들은 있다.

| 길 없는 갯벌 위에서 길 찾기! 생명들에게 길을 묻고 그들을 이정표 삼아!

어쩌면 나는 그 동안 갯벌 위에서 길을 찾고 있었는지도 모르겠다. 7년이나 걸었던 익숙한 바닷길이지만 방조제가 막힌 뒤부터는 왠지 길을 잃은 듯한 느낌이었다. 어디로 가야 하는지, 뭘 해야 하는지 막막하고 아득할 때가 너무나 많았다. 누구든 붙잡고 꼬치꼬치 길을 묻고 싶었다.

씩씩하게 살아남은 농게들은 그런 내게 소중한 이정표였다. 지금까지 제대로 걸어 왔음을 확인시켜 주는, 그리고 앞으로도 계속 그 방향으로 나아가라고 알려 주는 선명한 이정표! 녀석들 덕분에 나는 확인할 수 있었다. 우리가 자연과 생명을 지키는 길에서 벗어나지 않았다는 것을 말이다.

나는 안다. 앞으로도 새만금을 걸으면서 무수한 주검들을 보게 되리라는 것을! 그럼에도 불구하고 계속 걷다 보면 또 어디선가 살아 있는 생명들을 만날 테고, 녀석들을 통해 다시금 희망을 지피게 되리라는 것을! 그리고 그건 새만금이 되살아나는 그날까지 끊임없이 되풀이되리라는 것도!

내가, 그리고 우리가 걷는 이유를 그해 여름에 만난 농게들이 다시 한 번 분명하게 일깨워 주었던 것이다.

ⓒ허철희

우리들이 희망이다!

올해 여름에도 새만금에서 살을 새까맣게 태웠다. 시원한 바람을 좀 더 느끼기 위해 모자도 안 쓰고 끈적끈적한 느낌이 싫어 선크림도 바르지 않는 내게 바닷길 걷기는 1년에 한 번씩 돌아오는 선탠 기간이다. 작렬하는 태양 아래서 까맣게 변한 내 살갗처럼, 새만금 역시 1년 사이에 모습이 많이 변했다.

제일 먼저 눈에 띈 건 '엾치기'라는 엽기적 이름의 조개잡이다. '딸딸이'에서 쏘아 대던 물 펌프를 소형 어선 옆에 매달고 그걸로 갯벌을 파헤치며 조개들을 싹쓸이한다. 산더미처럼 쌓이는 바지락들의 양이 어찌나 많은지, 어선 옆에 플라스틱을 덧대어 배의 길이를 늘려야 할 정도다.

거전갯벌에서 처음으로 흰발농게를 발견하기도 했다. 생긴 건 농게랑 똑같지만 크기가 훨씬 작고 흰색이다. 녀석들은 붉은 농게들이 사는 하구갯벌보다 좀 더 모래질이 많은 갯벌에서 산다고 한다. 그러니까 좀 더 담수화된 곳에서 산다는 얘기다.

흰발농게들은 작은 한쪽 집게로 열심히 뻘을 집어먹고 있었다. 말라 가는 새만금 갯벌에서 더 이상 살 수 없었던 농게들이 탈피를 해서 뽀얀 갑각을 가진 예쁜 흰발농게들로 다시 태어난 것 같았다.

흰발농게 옆에는 아직 덜 자라 파릇한 어린 해홍나물이 드문드문 보였다. 해홍나물 역시 예전에 염습지를 붉게 물들였던 칠면초보다 조금 더 담수화된 곳에서 자라는 식물이다. 새만금의 대표적 단짝이던 농게와 칠면초가 이젠 흰발농게와 해홍나물로 바뀐 셈이다. 이 두 쌍은 왜 이렇게 비슷하게 생겨서 우릴 향수에 젖어들게 하는 걸까?

도요새들은 이제 거의 찾아볼 수가 없었다. 거전과 하제에서 50여 마리밖에 안 되는 작은 무리들을 본 게 다였고 종류도 마도요, 알락꼬리마도요, 뒷부리도요, 붉은어깨도요 등 네댓 종에 불과했다.

그래도 아직까지 새만금을 찾아 준 녀석들이 왠지 고맙게 느껴졌다. 덕분에 새만금에 처음 온 아이들도 도요새를 볼 수 있었고, 예전에는 얼마나 많았을지 조금이라도 상상해 볼 수 있었을 테니 말이다. 그 아이들의 상상 속에서 펼쳐진 도요새들의 군무는 과연 어떤 모습이었을까?

갯벌 배움터 그레는 이제 우리 곁을 영원히 떠났다. 건물은 그새 굉장히 허름하게 변했고 마당 앞에 멋지게 서 있던 대형 그레는 비스듬히 쓰러져 있었다. 문짝도 떨어져서 방바닥에 먼지가 잔뜩 쌓였지만, 그래도 신발을 벗고 안으로 들어갔다. 아무리 초라하고 허름해도 내 마음속에서만은 여전히 소중한 장소였기 때문이다.

실내는 텅 비었지만 아직 남아 있는 것도 있었다. 작은 방 벽에 붙어 있던 몇 장의 사진들! 청와대 앞에서 시위를 하던 어민들의 모습, 초등학교 4학년 정도밖에 안 되어 보이는 은별 누나가 활짝 웃고 있는 모습, 고은식 아저씨와 류기화 아주머니가 나란히 서서 뭔가 함께 낭독하는 모습…….

그건 모두 새만금 어민들이 갯벌을 살리기 위해 싸우던 모습들이었다. 비록 방조제가 바다를 틀어막았고 그들의 투쟁은 패배로 끝났지만, 계화도라는 어느 어촌 마을의 빈 집에는 그 절실했던 몸짓 하나하나가 고스란히 남아 있는 것이다.

그 누구도 차마 떼어 내지 못한 그 사진들을 보며 문득 그레와 새만금은 한 운명이라는 생각이 들었다. 갈대로 뒤덮인 마른 갯벌 어딘가에 지금도 농게들이 기어 다니듯, 허물어져 가는 그레의 쓸쓸한 방 안에도 이곳을 만들고 일궈 준 사람들의 기억이 여전히 맴돌고 있으니까 말이다.

해가 지날수록 걷기 과정에서 우리 또래들의 역할이 커진다는 걸 많이 느낀다. 밥이랑 물도 선생님들이 모두 챙겨 주시고 우린 그저 걷기만 하면 됐었는데, 이젠 상황이 많이 달라진 것이다.

오랫동안 같이 걸었던 건화와 건웅이, 그리고 함께한 지는 얼마 안 됐지만 새만금에 관심이 엄청 많은 두원이 형 모두 요즘엔 정말 여러 가지 일들을 도맡아한다. 무거운 물통도 많이 들고 다니고, 두원이 형은 무거운 필드스코프를 계속 들고 다니다가 뭔가가 보일 때마다 걸음을 멈추고 삼각대를 펼친다. 밤에는 숙소에서 진행할 프로그램들을 짜기 위해 괭이눈 선생님과 열심히 회의를 한다.

새내기 안내 역시 우리가 맡은 몫이었다. 사실 올해 처음 온 사람

들이 새만금의 옛 모습을 상상하는 건 쉬운 일이 아니다. 농게가 뭔지 도요새가 뭔지도 모르는 아이들이 온통 메마른 사막 아니면 갈대밭뿐인 새만금에서 뭘 찾을 수 있겠는가?

살아 있던 새만금 갯벌을 기억하는 사람으로서, 우린 최선을 다해 그 모습들을 설명하고 묘사했다. 지금은 겨우 한두 척의 배밖에 남아 있지 않은 문포가 예전엔 어떤 포구였는지, 농게는 어떻게 생겼고 어디에서 주로 살았는지, 칠면초는 어떤 식물이고 그게 지천으로 깔려 있던 붉은 염습지는 어떤 풍경이었는지, 그리고 지금은 풀이 듬성듬성한 평지인 옥구염전이 예전엔 얼마나 환상적인 곳이었는지……. 뭐, 자세히 듣고 안 듣고는 아이들이 결정할 문제였지만 말이다.

새만금을 바라보는 나의 시야도 점점 넓어지고 있다. 예전엔 오리무중이던 복잡한 정치적 문제들도 이젠 이해가 되고, 빠르게 변해 가는 새만금의 생태계와 어민들의 삶도 한눈에 들어온다. 이렇듯 이해력이 커지고 역할도 커지면서 우리가 새만금을 위해 고민하고 실천해야 할 일들도 점점 많아지는 것 같다.

몇 년 전 바닷길 걷기가 끝난 뒤 소감을 나눌 때 어떤 분이 "새만금을 살리느냐 죽이느냐는 여러분들 같은 어린이와 청소년들의 몫이다"라고 하셨던 게 생각난다. 그때는 정말 까마득한 훗날의 일이라고 생각했는데, 지금은 아주 약간이나마 그 말이 피부에 와 닿는 느낌이다.

이렇게 매년 걸으면서 새만금에 지속적인 관심을 가져 주고 작은 실천들을 꾸준히 이어 간다면, 내가 어른이 되었을 때는 정말로 갯벌에 바닷물이 드나드는 광경을 다시 볼 수 있지 않을까?

4대강 문제가 불거진 2010년엔 새만금 바닷길 걷기에 이어 4대강 걷기를 했다. '4대강 살리기'라는 이름의 4대강 죽이기를 막는 데 힘을 보태기 위해서였다. 한강, 영산강, 낙동강, 금강을 정비한다는 구실로 강 바닥을 들어내고 곳곳에 보를 만들면 새만금에 못지않은 엄청난 환경 파괴가 닥칠 테니까 말이다.

4대강이 거대한 저수지로 바뀌면 물고기들은 수천 년간 거슬러 오르던 물길 대신 인공적인 수로를 오가야 한다. 강변 곳곳에 공원을 만들면 매년 그곳을 찾던 철새들도 새만금의 도요새들처럼 다른 곳으로 떠나야 한다.

하지만 정부에선 그런 단점들은 쏙 빼 놓고 완전히 반대로 말하고 있다. 4대강 사업이 끝나면 환경도 좋아지고 경치도 좋아지고 돈도 많이 벌 수 있단다. 심지어 공사 이후에 생물다양성이 더 높아진다는 터무니없는 말까지 서슴지 않는다.

내가 보기에 그건 새만금 때보다도 더한 거짓말인 것 같다. 새만금 때는 적어도 갯벌이 죽지 않는다거나 도요새가 더 많이 찾아올 거라는 식의 얘긴 하지 않았다. 그런데 이젠 아예 대놓고 "강을 살린다", "생태계를 살린다"고 하면서 국민들을 현혹하고 있으니, 도둑질이 그렇듯 거짓말도 하면 할수록 점점 능숙해지는가 보다.

새만금 바로 위는 4대강 중 하나인 금강 하구다. 그해 바닷길 걷기를 조금 일찍 끝낸 뒤 우린 곧바로 금강으로 가서 이틀을 걸었다.

처음 모인 장소는 금강 둔치였다. 6일 동안 새만금을 걸은 뒤라서 몹시 피곤했던 나는 내내 비몽사몽 졸다가 눈을 부비며 비틀비틀 버스에서 내렸다.

정신을 차린 뒤 맨 처음 눈에 들어온 건 강바닥을 파내고 있는 여러 대의 중장비들이었다. 포클레인이 거대한 손을 강바닥 깊이 박았다가 꺼낼 때마다 손아귀에 모래가 한 가득씩 담겨 올라왔다.

사진을 몇 장 찰칵찰칵 찍고 있는데 손에서 힘이 풀려 셔터를 누르기가 힘들었다. 결국 찍는 것을 포기하고 둑에 걸터앉아 포클레인들의 삽질을 멍하니 지켜보았다. 여러 가지 생각들이 단어카드를 넘기듯 포클레인과 나 사이를 휙휙 지나갔다. 4대강, 새만금, 어민들, 나, 포클레인, 반성, 무감각, 답답함…….

내 생각 열차의 종점은 답답함이었다. 간척이라는 이름 아래 수없이 많은 생명들이 새만금에서 죽어갔지만 정작 그 죽음과 어민들의 눈물로 일궈진 땅에서 솟아난 건 '4대강'이라는 절망의 꽃이었다. 마치 지금껏 우리가 싸워 왔던 건 안중에도 없다는 듯이.

실수를 하고 실패를 하면 뉘우침을 발판 삼아서 더욱 성장하는 게 사람이다. 그렇지 않으면 잘못된 길을 뫼비우스의 띠처럼 끝없이 빙빙 돌 수밖에 없다. 바다를 막고 갯벌을 죽인 걸로도 모자라 이젠 강물을 막고 강 자체를 없애버리려 하다니! 뉘우칠 줄 모르는 사람들이 누구의 말도 듣지 않고 우리나라의 자연을 망쳐 버리는 게 너무나 답답했다.

강바닥을 파내는 포클레인을 바라보던 눈이 나도 모르게 붉어졌다. 너무나 답답해서 숨이 턱 막힐 것만 같았다. 지금 당장이라도 달려가서 포클레인 앞을 가로막을까? 그러면 조금이라도 시간을 벌 수 있을 텐데……. 그렇게 몇 분 동안 무슨 정의의 사도라도 된 것처럼 망설였지만 결국 행동으로 옮기진 못했다. 예전에 새만금 어민들이 삶의 터전이 끝장날 위기 앞에서도 왜 선뜻 나서지 못했는지 조금이나마 이해가 갔다.

금강 둔치를 떠난 뒤엔 둔주봉이라는 자그마한 봉우리에 올라가서 굽이치는 금강을 바라보았다. U자처럼 볼록한 모양으로 흐르는 금강과 그 가운데 우뚝 솟아 있는 산은 너무나 아름다운 풍경을 만들어내고 있었다. 너도나도 아름다운 금강을 배경으로 사진을 찍었고, 어떤 선생님은 즉석에서 시를 읊기도 했다.

둔주봉 정자에서 유유히 흐르는 금강을 바라보며, 역시 사람은 아름다운 것들을 보고 살아야 한다는 생각을 했다. 아름다운 것을 소중히 해야 한다는 마음이 싸워서 지켜 내야 한다는 마음보다 훨씬 오래가기 때문이다.

열렬한 투지로 꼭 지켜 내겠다는 마음은 처음엔 정말 강력하고 뜨겁다. 하지만 어느 정도 시간이 흐르고 나면 뜨겁던 열정은 조금씩 식어 버리고, 결국엔 흐지부지되기 쉽다.

그와 달리 아름다운 모습은 아주 오랫동안 가슴에 남는다. 도요새들의 화려한 군무와 팔짝 뛰어오르며 멋진 지느러미를 자랑하는 짱뚱어가 몇 년이 지난 뒤에도 또렷하게 기억나는 것처럼 말이다. 내가 그걸 잊지 않는 한, 새만금 갯벌의 부활을 원하는 마음은 절대 변하지 않을 것이다.

4대강 역시 마찬가지다. 우리가 아름다운 강 풍경들을 잊지 않는다면, 설령 4대강 사업이 계획대로 진행되더라도 그리 오래가지는 못할 것이다. 아름다움을 되찾고 싶은 간절한 마음들이 한데 모여 언젠가 보를 허물어뜨릴 테니까. 그래서 여울목을 휘도는 상쾌한 강물 소리를 다시 들을 수 있을 테니까.

결국 4대강도 새만금도 우리들의 마음속에서만 떠나지 않는다면 다시 옛 모습으로 돌아갈 수 있을 것이다.

나에게는 희망이 있다.

우리가 바로 희망이다.